REDRUM

PARAPHIL
1. Auflage
(Deutsche Erstausgabe)

Verleger: Michael Merhi
Lektorat: Stefanie Maucher
Korrektorat: Jasmin Kraft / Silvia Vogt
Umschlaggestaltung und Konzeption:
MIMO GRAPHICS unter Verwendung einer
Illustration von Shutterstock

ISBN: 978-3-95957-865-3

E-Mail: merhi@gmx.net
www.redrum-verlag.de

YouTube: Michael Merhi Books

Facebook-Seite: REDRUM BOOKS

Facebook-Gruppe:

REDRUM BOOKS - Nichts für Pussys!

JACQUELINE PAWLOWSKI

# PARAPHIL

**Zum Buch:**

Sie ist die Erste.
Gekleidet wie eine Puppe.
Sie ist erst acht.
Und … sie ist tot.

Bisweilen teilt sich Norbert mit Lissy und den anderen kindsähnlichen Sexdolls das Bett, doch etwas überschattet alles: Die Sehnsucht nach Wärme.
Kann Norbert seinen Trieben widerstehen oder begeht er einen folgenschweren Fehler?

Unterdessen ist der Fund des toten Mädchens erst der Anfang von Elaras ganz persönlichem Albtraum.

## Zur Autorin:

Jacqueline Pawlowski, schreibt nicht einfach nur Geschichten. Sie möchte die Leser zum Nachdenken bringen und lässt dafür in die tiefsten Abgründe der menschlichen Seele blicken.

*Paraphil* ist das zweite Buch der Autorin, das bei REDRUM BOOKS erscheint.

Weitere Titel:
*Der Schlächter*

JACQUELINE PAWLOWSKI

# PARAPHIL

Psychothriller

Nichts ist unberechenbarer und beängstigender als die Bestie Mensch.

# Vorwort

Seit mehr als zehn Jahren verkauft Shin Tagaki ›anatomisch korrekte Figuren‹ in die ganze Welt. Laut Aussage gegenüber der amerikanischen Zeitschrift *The Atlantic*, ist der japanische Unternehmer der festen Überzeugung, dass er damit etwas Gutes tut. Er glaubt, seinen Kunden zu helfen, da sie ihre Begierden mit seinen Produkten ethisch korrekt und legal ausleben können. Die Kinder-Sexpuppen sollen ein Ventil für Pädophile schaffen und so vor sexuellem Missbrauch schützen.

Nach Angaben des Instituts gibt es in Deutschland zwar keine belastbaren Angaben darüber, wie viele Menschen pädophil veranlagt sind, doch zeigen nationale Studien, dass bis zu einem Prozent der Bevölkerung die diagnostischen Kriterien einer Pädophilie erfüllt. Das wären demnach rund zweihundertfünfzigtausend Männer zwischen achtzehn und fünfundsiebzig Jahren. Auch bei Frauen wurden pädophile Neigungen nachgewiesen, jedoch handelt es sich hierbei um Einzelfälle.

Es gibt verschiedene Behandlungsmethoden, wie etwa die kognitive Verhaltenstherapie oder chemische Kastration, die diese Neigung bekämpfen können.

Die Kinder-Sexpuppen sind in Deutschland nicht verboten! Sie können im Internet bestellt werden und auch die Lieferung ist vollkommen legal.

Der Sexualforscher Peter Fagan von der John-Hopkins-Universität in Baltimore sagte gegenüber *The Atlantic* aus, dass durch die Puppen ein noch größeres Verlangen entstehen würde.

Ingo Fock, Vorsitzender des Vereins *Gegen Missbrauch e.V.* sieht das ziemlich ähnlich. Er sagt, dass Menschen mit einer pädokriminellen Ausprägung, die ihren Trieb bewusst ausleben, der nötige ›Kick‹ fehle. Früher oder später würden sie von der Puppe ablassen und sich das Objekt der Begierde im realen Leben suchen, da ihr Verlangen nicht mehr ausreichend gestillt wird!

# Prolog

Lange musste er auf seine Lieferung warten. Als endlich der verheißungsvolle Ton der Klingel durch das alte Bauernhaus schrillte, durchfuhr ihn ein leichtes Zucken.

*Sie ist da!*

Voller Vorfreude erhob er sich von seinem alten Sessel und schlurfte zur Tür. Er war versucht, in die Luft zu springen und zur Tür zu tänzeln, aber es war ihm wichtig, die Contenance zu bewahren. Mit zittrigen Händen öffnete er die Haustür und nahm das Paket entgegen. Es war leichter, als er erwartet hatte. Schnell unterschrieb er, verabschiedete sich höflich vom Lieferanten und schloss die Tür hinter sich. Erst jetzt formte sein Gesicht ein Lächeln, wie seit Langem nicht mehr.

Ohne seinen Blick von dem großen braunen Karton abzuwenden, stieg er die Stufen in den Keller hinab und betätigte den Lichtschalter. Eine große Leuchtstoffröhre irradiierte daraufhin ihr flackerndes Licht. Ein großer Raum erstreckte sich vor ihm. Ausgestattet war er mit einem staubigen Perserteppich, einem Bett, einem Tisch mit zwei Stühlen, und seinem ganzen Stolz – einem deckenhohen Regal, das sich von einer Wandseite zur anderen erstreckte. Sein Blick fiel direkt darauf und sein Lächeln verwandelte sich in ein überschwängliches Glucksen. »Hallo, meine Hübschen. Seht her! Endlich ist sie da.«

Er ging auf den Tisch zu, stellte das Paket ab und öffnete es. Langsam glitten seine Hände durch das Verpackungsmaterial. Die kleinen Styroporkugeln rollten auf den Boden und verteilten sich um ihn herum. Behutsam umklammerte er den Inhalt und zog ihn heraus.

Sofort war er von ihrer Schönheit verzaubert. Zärtlich strich er ihr über das braune Haar und bewunderte ihr makelloses Gesicht. Wie wunderschön sie war, ein Meisterwerk. Vorsichtig holte er sie aus dem Karton, setzte sie auf einen der Stühle und schmiss die Verpackung vom Tisch. Ohne seinen Blick von ihr zu nehmen, setzte er sich dazu.

Ihr Anblick erregte ihn zunehmend.

So süß und unschuldig.

Fast so, wie ein richtiges Mädchen.

»Hattest du eine angenehme Fahrt hierher, meine Kleine?« Ohne auf eine Antwort zu warten, sprach er unbeirrt weiter. »Dein Haar ist wirklich sehr schön und ein tolles Kleid trägst du da.« *Oh ja, ein tolles Kleid, aber ohne den Fummel siehst du noch viel schöner aus.*

Ihr Blick unverändert, die grünen Augen starr nach vorn gerichtet saß sie da. Lächelte.

»Bitte? Du möchtest dich auf meinen Schoß setzen? Aber natürlich, gern.« Das Gespräch, so einseitig es auch war, beflügelte ihn. Die Atmung beschleunigte sich. Es war wie ein Rausch, dem er sich Stück für Stück hingab, bis er seine Sinne völlig einnahm und ihn vollkommen in die Welt seiner Lust eintauchen ließ.

Er stand auf, griff nach ihr und setzte sie sich auf seinen Schoß. Seine Hände ruhten auf ihren kurzen Beinen.

»Es ist so schön, dass du endlich hier bist.« Verliebt schloss er sie in die Arme und roch an ihrem, aus Menschenhaar gefertigtem Schopf.

Ein Kribbeln breitete sich in seinem Körper aus und benebelte endgültig seine Sinne. Ungeduldig wippte er mit einem Bein. Sie wippte im Rhythmus mit.

*Wozu noch warten?*

Mit einem gekonnten Griff drehte er sie zu sich um und sah sie an.

Er musste sie kosten, sie berühren. Lustvoll hielt er sie vor sich und küsste sie voller Leidenschaft. Sanft streifte er ihr das Kleid vom Körper, ging mit ihr zum Bett und entledigte sich ungelenk seiner Klamotten, um anschließend in ihr Loch einzudringen, dass er nach seinen Vorstellungen anfertigen ließ.

Sie würde seine neue Lieblingspuppe sein.

Doch gerade, als er sich auf sie legen wollte, sprang die Tür mit einem lauten Knall auf und seine Lust versiegte schlagartig, als er in den Lauf einer Waffe blickte.

# 1

**5 Jahre später**
**Elara**

Ihre Blicke wanderten umher. Ihre Atmung ging stoßweise. Wo war sie? Keine Fenster. Nackte, kalte Wände. Betonboden. Nur ein Bett, auf dem eine alte, übelriechende Decke lag – und sie. Gegenüber stand ein kleiner Tisch mit zwei Stühlen, an der Zimmerdecke hing eine Lampe ohne Schirm und leere, deckenhohe Regale säumten die Wand. Sie umklammerte ihren Stoffhasen und weinte bitterlich. Ihr war kalt. Das dünne Kleidchen, das sie trug, schützte sie nicht von der Kälte und die Decke war viel zu eklig, um sich damit warm zu halten. Sie war starr vor Dreck und stank.

»Hallo?« Ihre Stimme brach. »Ist da jemand?« Keine Antwort. Kein Geräusch. Sie vergrub ihr Gesicht in ihren Stoffhasen und schloss die Augen. Kurz darauf vernahm sie ein Geräusch. Sie hielt den Atem an. Schritte die sich näherten. Plötzlich sah sie einen leichten Lichtschlitz unter der Tür durchschimmern. Es kam jemand. Sie setzte sich auf und starrte zur Tür, ihr Stofftier fest im Griff.

Schlüsselklimpern, ein Klacken und noch eins. Dann bewegte sich die Tür, der Lichtschlitz breitete sich aus und ein greller Lichtkegel erhellte den Raum. Sie kniff die Augen zusammen und gewöhnte sich nur schwer daran. Als sie ihre Augen schließlich öffnete, sah sie ihn. Er stand im Türrahmen und hielt ein Tablett in der Hand.

In aller Ruhe stieg er die Stufen hinab und stellte das Tablett auf den Tisch. Langsam drehte er sich zu ihr um. Ihr Puls raste und am liebsten hätte sie aus voller Kehle losgeschrien, doch es kam kein Laut über ihre Lippen.

Schwer atmend kam er näher und hatte fast das Bett erreicht. Sie presste ihren Körper gegen die Wand und war starr vor Angst. Er beugte sich vor und sog ihren Duft ein. Erregt griff er sich zwischen die Beine und rieb sich den Schritt. Er stöhnte leise und öffnete seine Hose. Ihr Atem stockte, als er sie auszog und sie nur noch eine weiße Unterhose trug. Dann setzte er sich zu ihr auf das Bett und legte eine Hand auf ihr Bein, die sich allmählich einen Weg zu ihrer Schenkelinnenseite bahnte. Sie starrte auf die dreckigen, sich rau anfühlenden Finger und kurz, bevor sie vor Panik in Ohnmacht zu fallen drohte, erweckte ein monotoner, wiederkehrender Piepton ihre Aufmerksamkeit und zog sie aus der beängstigenden Situation in ein Schlafzimmer.

Elara Wells hob den Arm und schlug gezielt auf den Wecker. Mühsam erhob sie sich und strich sich die verschwitzen Haare aus dem Gesicht, ehe sie ins Bad eilte, um ihre morgendliche Dosis Pillen zu schlucken.

*Schon wieder dieser Albtraum. Ob das jemals ein Ende haben wird?* Sie bezweifelte es. Womöglich würde sie ewig davon träumen, ein kleines Mädchen zu sein, das in einem fensterlosen Raum gefangen gehalten wird.

Elara warf sich eine Ladung kaltes Wasser ins Gesicht und schmiss sich in ihre Sportkleidung. Sie musste den Kopf frei bekommen. Da kam es ihr gerade recht, dass die Praxis ihres Chefs, Doktor Ivan Pietrovic, den ersten Kunden mit psychischen Defiziten in drei Stunden hatte. Vorher würde sie ihre kleine Tochter Charlotte zur

Schule bringen und anschließend ein paar Runden im nahen Wald laufen.

Müde ging sie in die Küche, um das Frühstück für Charlotte vorzubereiten, und schaltete den Fernseher ein. Jeden Morgen sah sie sich die Nachrichten an. Ein Ritual, an das sie festhielt.

Ihr Blick verharrte auf dem Bildschirm, als der Nachrichtensprecher auf ein achtjähriges Mädchen zu sprechen kam, das als vermisst gemeldet wurde. Ihr schnürte es die Kehle zu, als ein Bild der Kleinen gezeigt wurde. Sie ging auf dieselbe Schule wie Charlotte und war im selben Alter. Ihr Haar war blond und leicht gelockt. Die Augen blau, das Grinsen lückenhaft süß. Nur für den Bruchteil einer Sekunde stellte sie sich vor, ihre Tochter wäre das, und ein Gefühl von Schwindel überkam sie.

In dem Moment stand Charlotte im Türrahmen und sah ihre Mutter fragend an.

»Ist alles in Ordnung, Mami?«

»Natürlich Maus. Alles gut. Können wir los?« Ihre Tochter nickte und steckte ihre Brotdose in den Tornister, während Elara bereits auf dem Weg zur Wohnungstür war.

»Halt, Mami!« Charlotte rannte in ihr Zimmer und kam mit ihrem Lieblingsstofftier wieder. »Heute haben wir den Kuscheltiertag in der Schule. Alle Kinder dürfen ihr Lieblingskuscheltier mitbringen.«

Als sie am Schulgelände ankamen, gab sie ihrer Tochter einen Kuss auf die Stirn und sah ihr noch einen Moment hinterher. Beunruhigung hatte sich in ihrer Magengrube ausgebreitet. Während der Fahrt war ihr immer wieder das vermisste Mädchen in den Sinn gekommen, über das die Nachrichten berichtet hatten.

Zum Glück wusste ihr Kind, dass es keinem Fremden trauen sollte.

Angespannt fuhr Elara weiter in Richtung Stadtgrenze. Dort befand sich ein großes Waldstück, mit einer tollen Laufstrecke und einem großen Teich, wo sich Enten und Gänse tummelten. Ideal, um den Kopf frei zu bekommen.

Sie parkte den Wagen und ging ein Stück in Richtung Wald. Nach ein paar Dehn- und Streckübungen konnte es endlich losgehen. Kurz nachdem sie losgelaufen war, hatte sie ihr Wohlfühltempo erreicht. Sie genoss die Natur, schaltete für gewöhnlich ab und vergaß ihre privaten Probleme. Heute jedoch kreisten ihre Gedanken – so wie sie um den Teich – nur um ein Thema: Dieser immer wiederkehrende Albtraum, in dem sie ein kleines hilfloses Mädchen in einem düsteren Raum war. Was hatte es damit auf sich und wer war dieser grauenhafte Mann, der sich seiner Anziehsachen entledigte und sie …? Und was sollte sie gegen diese verfluchten Träume noch unternehmen? Die Medikation, die sie von ihrem Hausarzt verschrieben bekommen hatte, half nicht wirklich und sie überlegte, ob sie die Pillen nicht absetzen sollte. Was brachte es ihr, Tag für Tag Chemiebomben zu schlucken, wenn sie trotzdem mit solchen Träumen konfrontiert wurde?

Nachdem sie ein paar Runden um den Teich gedreht hatte, verspürte sie den Drang, das Karussell zu verlassen. Spontan verließ sie ihre gewohnte Route und hatte die Hoffnung, dass auch ihre Gedanken einen anderen Weg einschlagen würden. Sie lief durch dichtes Geäst, wich niedrigen Ästen aus und sprang über hervorstehende Wurzeln. Doch trotz aller Vorsicht stolperte sie über etwas und schlug hart auf dem Waldboden auf.

# 2

## Elara

Der Schmerz durchfuhr ihren Körper und sie fluchte lautstark. Langsam richtete sie sich auf und klopfte den Dreck von ihren Klamotten. Ihre Knie waren leicht aufgeschürft und auch auf ihren Handinnenflächen zeichneten sich rote Striemen ab.

*Über was bin ich da eben gestolpert?*

Sie drehte sich um und bewegte sich zögernd auf die erhöhte Stelle zu. Da war ein kleiner Hügel aus Blättern und Ästen. Es war ungewöhnlich, beide Komponenten auf diese Weise mitten im Wald liegen zu sehen. Elara ahnte, dass sie so drapiert wurden. Als sie den Haufen genauer betrachtete, pochte ihr Herz unvermittelt schneller. Bedächtig streckte sie ihren Arm, hob zitternd einen Ast an und warf einen Blick unter das Darunterliegende. Sofort ließ sie den Ast wieder los, stieß einen spitzen Schrei aus und taumelte nach hinten. Unter dem Haufen aus vertrockneten Blättern und frisch abgebrochenen Ästen lag ein Körper. Die Augen weit aufgerissen. Das Gesicht zu einer schreienden Fratze verformt. Ein Kind.

Elara wollte schreien, kotzen, die Fassung verlieren, aber sie rührte sich nicht. Ihr Körper war wie erstarrt. Mit beiden Händen hielt sie sich den Mund zu und blickte entsetzt auf das, was sich vor ihr befand.

Erst Minuten später gelang es ihr, sich aus der Starre zu lösen. Sie merkte sich die Stelle und rannte, so schnell ihre Beine sie trugen, zum Auto, um die Polizei zu rufen.

Am Wagen angekommen, wählte sie anstelle des Notrufs die Nummer einer ihr vertrauten Person. Völlig außer Atem und geschockt über das Geschehene, schilderte sie Arno Schürmann, der Mordermittler und ein guter Freund der Familie war, was sie soeben gefunden hatte und wo sie sich befand.

Binnen kürzester Zeit traf ein Großaufgebot der Polizei ein und sie zeigte den Ermittlern den Fundort. Aus sicherer Entfernung beobachtete sie die Ermittler, wie sie die Äste beiseiteschafften und den geschundenen Körper freilegten. Es war ein Mädchen. Sie hatte blonde Haare und trug ein weißes Kleid. Ein ungewöhnliches Kleid, soweit sie das erkennen konnte, denn es hatte gepolsterte Ärmel und Rüschen am Saum, was dem toten Kind ein puppenhaftes Aussehen verlieh.

Irgendetwas an dem Kleid irritierte sie und den Grund dafür sollte sie schneller herausfinden, als ihr lieb war.

# 3

## Elara

Der erste Gang, nachdem Elara ihre Wohnungstür aufgeschlossen hatte, führte sie ins Badezimmer. Sie öffnete den Badezimmerschrank und griff direkt nach den Antidepressiva.

Ihr Arzt hatte ihr dreimal täglich eine Tablette des Beruhigungsmittels verschrieben, das sie in ihrer zittrigen Hand hielt. Sie pfiff auf die Anweisung und war im Begriff gleich drei auf einmal zu nehmen, als sie in der Bewegung innehielt. Nachdenklich schaute sie sich die Pillen auf ihrer Hand an und sah anschließend in den Spiegel. Sollte sie diese Medikamente wirklich wieder schlucken und sich betäuben? War das wirklich nötig, oder würde sie es endlich auch ohne schaffen?

Schließlich entschied sie sich, ließ die Tabletten von ihrer Hand gleiten und sah ihnen dabei zu, wie sie in den Abfluss rutschten. Sie würde es auch ohne dieses Teufelszeug schaffen!

Es blieb ihr noch etwas Zeit, ehe sie sich wieder ins Auto setzen und zur Arbeit fahren musste. Erschöpft schmiss sie sich aufs Bett, um noch einen Moment zu entspannen, doch kaum hatte sie sich hingelegt, klingelte ihr Telefon. Sofort setzte sie sich auf und hob ab.

»Wells?«

»Guten Morgen, Elara. Ich muss die Praxis früher öffnen. Wir haben einen Notfall. Machen Sie sich bitte umgehend auf dem Weg.«

»Natürlich, ich komme sofort!« Es erstaunte sie immer wieder, wie gut und beinahe akzentfrei Ivan Pietrovic die deutsche Sprache beherrschte. Er hatte sein Heimatland erst vor wenigen Jahren verlassen und war hierher nach Deutschland gekommen, wo er inzwischen seine eigene psychiatrische Praxis eröffnet und sie als Teilzeitkraft eingestellt hatte. Sie war ihm sehr dankbar dafür, denn gerade nach der Scheidung, war der Job das Einzige, was ihr neben ihrem Kind geblieben war.

In der Praxis angekommen, war Ivan Pietrovic bereits vor Ort und bereitete sich auf das Gespräch mit seiner Patientin vor.

»Hallo, Doktor«, begrüßte sie ihn mit einem aufgesetzten Lächeln. Der Doktor sah sofort, dass etwas nicht mit seiner Mitarbeiterin stimmte.

»Was ist passiert? Sie sehen gar nicht gut aus.« Ertappt tat sie es mit einer Handbewegung ab.

»Alles in Ordnung. Hatte nur eine anstrengende Nacht.« Sicher hätte sie von dem Fund am Morgen erzählen können, aber dann hätte sie darüber reden, oder gar nach Hause gehen müssen, um alles zu verarbeiten. Das empfand sie als keine gute Idee. Die Ablenkung erschien ihr als zwingend erforderlich. Gerade jetzt, wo sie das erste Mal seit einer Ewigkeit, ohne Betäubung funktionieren wollte.

»Sagen Sie: Wer ist denn der Termin, den Sie noch vor den üblichen gelegt haben?«, versuchte sie, das Gespräch von sich selbst abzulenken. Der Psychiater wollte gerade antworten, als es an der Praxistür klingelte. Sie wartete seine Antwort nicht mehr ab und lief hin, um sie zu öffnen. Davor stand eine Frau mittleren Alters, völlig aufgelöst, mit vom Weinen geschwollenen Augen. Elara erschrak kurz bei dem Anblick, bat sie aber sofort herein und zeigte ihr freundlich den Wartebereich.

»Kann ich Ihnen etwas zu trinken anbieten, Frau …?«

»Krause, Bettina Krause. Ja, gern. Meine Kehle ist vom vielen Heulen ganz trocken.«

»Gern. Ich bringe Ihnen ein Glas Wasser.« Sofort reichte sie ihr eine Box mit Taschentüchern und ging in die Küche. Dort traf sie auf Doktor Pietrovic, der sich gerade eine Tasse Kaffee einschenkte, den Elara ihm in sein Büro bringen sollte.

»Frau Krause ist da, Doktor.« Der Psychologe nickte leicht und seufzte.

»Schrecklich, was die Frau gerade durchmacht. Ihr eigenes Kind zu verlieren, das wünscht man wirklich niemanden.« Das Blut in ihren Ohren rauschte. *Ist das die Mutter des kleinen Mädchens, das ich heute Morgen im Wald gefunden habe?*

Auf dem Weg ins Büro überschlugen sich ihre Gedanken und sie hatte Mühe, die Getränke unfallfrei ins Büro zu bringen. *Was ist mit dem Mädchen passiert? Nicht auszudenken, wie ich reagiert hätte, wäre es mein Kind gewesen, das unter diesem Gestrüpp lag.* Zitternd öffnete sie die Bürotür, stellte das Tablett auf dem Schreibtisch ab und verließ den Raum wieder, ehe er mit Frau Krause dort eintraf.

Direkt im Anschluss setzte sie sich an ihren Schreibtisch und atmete ein paarmal tief durch. Anschließend machte sie sich an die Arbeit, doch kaum begonnen, vibrierte ihr Smartphone. Sie kramte es aus der Tasche und sah nach, wer der Anrufer war. Arno Schürmann. Sie hob ab und meldete sich leise.

»Ja, hallo, Arno. Ich bin auf der Arbeit, was kann ich für dich tun?«

»Ich brauche noch ein paar Informationen von dir. Können wir uns gleich auf einen Kaffee treffen?«

Sie sah auf die Uhr am Rechner. »Ich melde mich, sobald ich zu Hause bin.« Arno willigte ein und legte auf. Verwundert sah sie auf ihr Smartphone. *Hat er tatsächlich noch Fragen an mich, oder ist das nur ein Vorwand, um mich zu sehen*, fragte sie sich, denn sie war der Überzeugung, ihm alles auf dem Weg zum Fundort gesagt zu haben. Leicht irritiert schüttelte sie den Kopf. In ein paar Stunden würde sie es erfahren.

Die Bürotür öffnete sich und ihr Chef kam in Begleitung der völlig aufgelösten Frau aus dem Raum. Schweigend brachte er sie zur Tür, während sie den beiden mitfühlend hinterher sah.

Nachdem Ivan Pietrovic Frau Krause verabschiedet hatte, ging er zu Elara, legte seine Notizen auf den Tresen und stützte seine Arme daneben ab.

»Ist alles in Ordnung, Doktor?«

»Natürlich. Mir fehlt nichts.« Er richtete sich auf und wollte gerade in sein Büro gehen, als es erneut klingelte. Direkt drehte er sich auf den Absatz um und deutete seiner Mitarbeiterin, dass er die Tür öffnen würde. Der Psychologe begrüßte seinen nächsten Patienten, ging mit ihm umgehend ins Büro und verschloss die Tür.

Neugierig blickte Elara zu den liegen gelassenen Papieren und schluckte. Sie wusste, ihr Chef mochte es nicht, wenn sie in seine Unterlagen sah, aber sie wollte unbedingt wissen, was Frau Krause zu erzählen hatte.

Nachdem sie einen Blick hineingeworfen hatte, wurde ihr schlecht. Das tote Mädchen im Wald war Frau Krauses Tochter. Sophies Unterleib wies erhebliche Verletzungen auf und war mit Hämatomen übersät. Ihr kleiner Körper musste Unerträgliches aushalten, bevor sie mit nur acht Jahren elendig verblutete.

Erschrocken atmete Elara ein paarmal durch und war sich nicht mehr sicher, ob es eine gute Idee gewesen war, die Pillen abzusetzen.

# 4

## Norbert

Gebannt auf den Fernseher starrend, rührte er seinen Kaffee um. Der Nachrichtensprecher erzählte von einem Leichenfund im Wald am frühen Morgen und dass es sich um ein kleines Mädchen handelte. Er nickte schwach, klopfte den letzten Tropfen Kaffee vom Löffel ab und legte ihn vor sich auf den Tisch. Vorsichtig nippte er an dem heißen Getränk und schaltete den Fernseher aus.

»Das ging schnell«, stellte er teilnahmslos fest und sah zu der kleinen Gestalt neben sich, die regungslos gegen ein Kissen gelehnt saß.

»Komm, wir gehen, Kleine.« Er erhob sich, griff nach einem Arm und setzte sie sich auf seine Hüfte, wie jede liebende Mutter es mit ihrem Kind tun würde. Dabei stöhnte die Kleine und lachte verhalten. Es gefiel ihm, wenn sie Töne von sich gab. Das erwärmte stets sein Herz und vor allem seine Lenden. Lächelnd verließ er das Wohnzimmer, ging in den Flur und schob den Riegel von der Tür zurück, die in den Keller führte. Er schaltete das Licht an und ging die Treppe hinunter. Sein Herz überschlug sich vor Freude, als er die Stufen hinabstieg. Es war für ihn jedes Mal ein ganz besonderer Moment, wenn er hierherkam. Hier war er ungestört. Konnte machen, was er wollte.

Viele Jahre hatte er daran gesessen, diesen Raum zu etwas ganz Besonderem zu machen. Die Wände strich er in einem zarten Rosa, legte einen weißen und äußerst kuscheligen Langflor-Teppich aus und baute fast jedes

Möbelstück selbst. Als Vorlage nutzte er einige Muster eines schwedischen Möbelhauses, damit jedes Stück eine kindgerechte Größe hatte, und schaffte dabei etwas Einzigartiges. Es war sein Puppenparadies und er war sich sicher, dass jedes kleine Mädchen dies genauso gesehen hätte.

Liebevoll legte er die Kleine auf dem dort in einer Ecke stehenden Bett ab und strich ihr über das Haar. Anschließend drehte er sich um und sah zu dem weißen Schaukelstuhl, auf dem sein liebstes Püppchen saß. Lissy. Wie schön sie war. Ihr langes blondes Haar zu zwei Zöpfen geflochten. Ihre Augen blau wie der Ozean. Ihre Lippen in einem zarten Rosa getaucht. Das weiße Spitzenkleid mit den kleinen Rüschen am Saum, stand ihr besonders gut. Langsam ging er auf sie zu, kniete sich vor sie und berührte jeden Zentimeter ihrer Schönheit mit seinen Blicken. Sein Puls beschleunigte und die Lust stieg. Er musste sie in seine Arme schließen. Seine Hände glitten unter ihre Achseln und hoben sie aus dem Stuhl, der daraufhin gleichmäßig vor und zurück wippte. Geräuschlos.

Er mochte die Stille und achtete daher genau darauf, dass jede Tür und jedes Möbelstück kein bisschen kratzte oder quietschte.

Der Schaukelstuhl war, neben dem Bett, das einzige Möbelstück, dass eine *normale* Größe hatte. Schließlich brauchte er auch einen Platz, auf den er sich setzen konnte.

Er wandte sich dem Bett zu und legte Lissy behutsam ab. Dann nahm er die andere Puppe und drückte sie zärtlich an sich, während er ihr ein paar liebe Worte ins Ohr flüsterte. »Du bist beim nächsten Mal wieder dran, Sophie.« Verliebt küsste er ihre Stirn und setzte sie zu ihren Freundinnen an einen Kindertisch auf dem kleine Tassen und Teller standen. Auch an ein paar selbstgefertigte Stofftörtchen hatte er gedacht. Die Teegesellschaft war zufrieden.

Es war so weit. Er freute sich so sehr, dass es sich bereits als Wölbung in seiner Hose zeigte. Mit einem verschmitzten Grinsen öffnete er sein Hemd. Erregt biss er sich auf die Unterlippe, als er den Knopf seiner Hose öffnete und sog lustvoll die Luft ein, als er diese auf den Boden gleiten ließ.

Lissy lag auf dem Bett. Ihr Blick starr zur Decke gerichtet. Bewegungslos, darauf wartend, von seinem Körper erdrückt und von seinem Schwanz gefickt zu werden. Norbert wusste, dass sie nur darauf wartete, ihn endlich zu spüren, und das bereitete ihm zusätzlich Freude.

Rasch entledigte er sich seiner restlichen Kleidung und beugte sich über sie. Zärtlich strich er ihr über das Haar und schloss die Augen. Dann legte er sich neben sie auf das Bett und ließ seine Hand über ihren Körper wandern. Das Vorspiel konnte beginnen. Seine Atmung wurde schneller, der Puls raste. Leicht bewegte er sich vor und zurück, während er den Körper zärtlich berührte und mit einem Mal überwog seine Lust alles und er küsste sie ungehemmt auf den Mund. Kraftvoll stieß er seine klebrige Zunge in die angefertigte Öffnung und ließ sie darin kreisen. Immer mehr geriet er in Ekstase. Seine Bewegungen wurden schneller und härter und kurz darauf zerrte er ihr das Kleidchen vom Körper. Ruckartig legte er sich auf sie, als er den Druck nicht mehr aushalten konnte, sah ihr in die Augen, spreizte ihre Beine und steckte seinen Penis in die scheidenähnliche Öffnung. Das gefühlsechte Material umschloss sein hartes Glied und er stöhnte auf. Er wurde eins mit ihr. Mit seiner Puppe.

Nach wenigen Augenblicken spritzte er seinen Saft in das Loch, dann ließ er von ihr ab und erhob sich vom Bett. Zufrieden zog er sich seine Anziehsachen über, leckte sich die Lippen und knöpfte das Hemd zu.

Gut gelaunt sah er zu Lissy, die mit völlig zerzaustem Haar, nackt auf dem Bett lag und deckte sie behutsam zu.

Ein stechender Schmerz breitete sich plötzlich in seinem Hypothalamus aus. Während er sich die Schläfen massierte, warf er einen Blick zum Bett und schrie erschrocken auf.

Seine Fantasie schien mit ihm durchzugehen, denn die Puppe atmete. Sie bewegte sich und zwinkerte ihm zu. Ungläubig rieb er sich die Augen und atmete mehrmals tief durch. Erst dann ging er wieder ans Bett und hob die Decke an.

Da lag sie. Zerzaust und beschmutzt, aber dennoch friedlich schlummernd. *Alles nur Einbildung. Pure Einbildung!*

Behutsam nahm er Lissy hoch und ging mit ihr zum Schaukelstuhl. Nachdem er sich setzte, drapierte er die Kleine auf seinen Schoß, säuberte sie behutsam mit einem Schwamm und kämmte ihr liebevoll die Haare, während er auf dem Stuhl vor und zurück wippte. Er genoss das Ritual nach dem Sex und summte die Melodie eines Kinderliedes.

Als er die Kleine wiederhergerichtet hatte, stand er auf und setzte sie an seiner Stelle auf den Schaukelstuhl. Er stieß ihn an und die kleine Puppe wippte leicht mit. Sie mochte es zu schaukeln. Jedes Kind schaukelte gern.

Noch einmal sah er sich jedes Einzelne seiner Schätzchen an. Dann ging er die Stufen hinauf in den Flur und schaltete das Licht aus.

Er brauchte dringend etwas gegen diese stechenden Kopfschmerzen.

Just, als er die Tür zum Keller hinter sich zuzog und den Riegel vorschob, hörte er ein Wimmern aus dem ersten Stockwerk. Unbeeindruckt von den Geräuschen, die vom Obergeschoss zu ihm herabdrangen, nahm er seine Schlüssel und verließ das Haus.

# 5

## Norbert

Ohne Wasser zerkaute er die Tabletten und schluckte die bittere Kost hinunter. So oder so würde die Wirkung eintreten. Ein paar Minuten blieb er in seinem Wagen sitzen und sah sich interessiert um, bis sein Blick an etwas haften blieb, das ihm den Schweiß auf die Stirn trieb und seinen Puls in die Höhe schießen ließ. Keine hundert Meter von der Apotheke entfernt, war ein kleiner Spielplatz. Geschützt von mehreren großen Bäumen und Sträuchern wartete er darauf, von den Kindern aus der Nachbarschaft genutzt zu werden.

Er fragte sich, weshalb ihm der Spielplatz nicht schon eher aufgefallen war – schließlich wohnte er schon eine Ewigkeit in dieser Stadt. Vermutlich lag es daran, dass er sich in diesem Viertel kaum jemals aufgehalten hatte.

Während die Schmerztabletten langsam zu wirken begannen, stellte er sich lauter Kinder vor, die lachend schaukelten oder rutschten.

Einen schwachen Augenblick lang, dachte er daran, eines der dort spielenden Kinder anzusprechen. Was aber würde er sagen? Bevor er den Gedanken verfolgen konnte, startete er den Motor und fuhr schnell davon.

***

Zu Hause angekommen, stellte er seine Schuhe ordentlich in die dafür vorgesehene Ecke und entdeckte einen Fleck auf dem Boden, den er umgehend wegwischen musste. Er hasste Unsauberkeit. Das und Lärm waren sein Kryptonit.

Nachdem er den Wischer wieder weggestellt hatte, fiel sein Blick auf die verschlossene Kellertür.

Kurzerhand schob er den Riegel beiseite und öffnete sie. Er blickte in den dunklen Gang hinunter und wusste, er brauchte die Nähe seiner Schätze. Vor seinem inneren Auge erschienen die zierlichen Glieder und das wunderschöne Lächeln jeder seiner Prinzessinnen. *Was will ich mehr*, redete er sich mehr oder weniger erfolgreich ein, denn als er die ersten Stufen zu seinem Versteck runterging, sah er die sich bewegende Puppe vor sich und ein Verlangen breitete sich in seinem Körper aus, das ihn erschaudern ließ. Er sah den belebten Spielplatz vor sich und die kleinen Kinder, die darauf spielten, und schüttelte den aufkommenden Gedanken mit einer heftigen Kopfbewegung weg. *Oh nein, gar nicht gut!*

Verwirrt und von seinen Gedanken überrumpelt stieg er die Stufen wieder hinauf, knallte die Tür zu und griff nach dem Telefon, das an der Wand im Flur hing. Zitternd klaubte er einen Zettel aus seiner Hosentasche und wählte die darauf gekritzelte Nummer.

»Was kann ich für dich tun?«

Angstschweiß bildete sich auf seiner Stirn, als er antwortete:

»Hallo? Ich glaube, ich werde verrückt. Verdammte Scheiße, sie hat sich bewegt. Das ist doch … nicht möglich«, stammelte er in den Hörer und lief im Flur aufgeregt auf und ab.

»Beruhige dich. Atme tief durch. Es war nur eine Einbildung. Nichts weiter. Wo ist sie jetzt?« Unruhig ging er sich mehrmals durch das lichte angegraute Haar.

»Unten im Keller, bei den anderen.«

»Gut, dann gehe da jetzt wieder hin. Es ist nur eine Puppe. Kein Mädchen, nur eine Puppe, die aussieht, wie eins.«

»Das weiß ich selbst, aber wenn ich darüber nachdenke, ein echtes Mädchen könnte …«

»In ein paar Tagen haben wir unser nächstes Gruppentreffen. Halt die Füße still!«, wurde er unsanft unterbrochen.

Er nickte stumm und legte auf.

Wieder sah er zu der Kellertür und wischte sich die feuchten Hände an seiner Hose ab. Dann öffnete er die Tür und stieg die Treppe hinunter.

Die alte Deckenlampe flackerte auf und erhellte den Raum. Mit großen Schritten ging er auf den Schaukelstuhl zu, griff sich die Kleine mit den blonden geflochtenen Zöpfen und hielt sie vor sich. Sah sie sich genau an, musterte sie förmlich. Keine Regung.

Behutsam tastete er ihren kleinen Körper ab und sah ihr tief in die starr, nach vorn gerichteten, blauen Augen.

*Sie ist nur eine Puppe!* Erleichtert schloss er Lissy in seine Arme und legte sich mit ihr auf das Bett. *Gott sei Dank. Ich dachte schon, ich müsste dich zerteilen und in die Tonne werfen.*

Er streichelte sie vorsichtig, was sie mochte und ihn beruhigte. Seine Hände wanderten über den gesamten Puppenkörper und verharrten an einigen Stellen. Es erregte ihn stark, jede ihrer Stellen zu erkunden, als hätte er sie das erste Mal vor sich.

Kurz darauf lag er wieder auf ihr und küsste sie. Sah ihr in die Augen und war im Begriff, sich ihr erneut hinzugeben, als etwas seine Lust schlagartig auslöschte.

Wie ein Stein lag sie unter ihm. Hart und unbeweglich. Kalt.

Erschüttert stieg er von ihr herunter, setzte sich auf die Bettkante und vergrub ungläubig das Gesicht in seinen Händen. Nie war ihm das vorher so bewusst gewesen. Hatte er die Lust auf seine Puppen verloren? War das überhaupt möglich? Noch vor wenigen Stunden hatte er mit Lissy gefickt und es war geil. Das konnte doch nicht von jetzt auf gleich passé sein?

Verwirrt sah er abwechselnd zu ihr und zu seinem sonst steinharten Penis, als ihn die Erkenntnis wie ein Schlag traf.

Es reichte nicht. Nicht mehr.

Sein Puls beschleunigte, als er sie zurück auf den Stuhl setzte und wie in Trance den Keller verließ. Sein Hals schnürte sich zu. Es verwirrte ihn zunehmend.

Wieder hatte er den Zettel in der Hand und überlegte, die Nummer zu wählen, entschied sich aber dagegen. Die letzten Worte flogen wie ein Bumerang durch seinen Kopf *»Halt die Füße still«*. Leichter gesagt als getan. Aufgeregt lief er den Flur auf und ab. Er wusste, er durfte es nicht und riskierte zu viel.

*Drauf geschissen*, dachte er.

Es blieb ihm keine andere Wahl.

Er musste es tun.

Nur noch das eine Mal.

Wirklich!

Ohne das Licht auszuschalten, ließ er die Kellertür ins Schloss fallen und zog sich seine Schuhe an. Nervös nahm er seine Autoschlüssel und verließ das Haus.

Lange würde er nicht fort sein. Er kannte sein Ziel und mit etwas Glück, konnte er unbemerkt, eines der Tiere von der Herde trennen.

# 6

## Elara

Als Elara zu Hause ankam, fühlte sie sich elend. Der heutige Vormittag verlangte alles von ihr ab. Erst die grausame Entdeckung im Wald und dann die Bestätigung, dass das kleine Mädchen unmenschlichen Bestien zum Opfer gefallen war. Für sie waren Leute, die so etwas zustande brachten, keine Menschen. Nicht einmal Tiere. Elara hoffte inständig, dass dieses Ungeheuer (ein anderer Ausdruck wollte ihr einfach nicht einfallen) gefunden und zur Rechenschaft gezogen werden würde. Traurigerweise war ihr allerdings bewusst, dass die erhoffte Härte ausblieb, denn die Urteile in diesem Land waren für ihr Empfinden viel zu lasch. Eigentlich waren die Strafen für solche Taten für ziemlich alle Leute viel zu lasch, aber was konnte der kleine Mann da schon ausrichten?

Sie konnte es nicht unterdrücken. Diese Art der Grausamkeit lösten bei ihr Folter und Mordgedanken aus. Nichts auf der Welt ließ sie sich so verlieren. Und jetzt, wo sie die Medikamente abgesetzt hatte, spürte sie es ganz deutlich in ihr brodeln. Beängstigend und ungewohnt, aber das würde vergehen, hoffte sie.

Mehrfach fuhr sie sich durch das Gesicht und schlurfte ins Badezimmer, wo sie einen Blick in den Spiegel warf. *Ich sehe scheußlich aus*, stellte sie entsetzt fest und schmiss sich eine Ladung Wasser ins Gesicht. Sie öffnete den Badezimmerschrank, um sich mit etwas Schminke ansehnlicher zu machen, als ihr Blick auf die Pillendose fiel. Für einen winzigen Augenblick war sie versucht, sich doch wieder zu betäuben, als es an der Tür klingelte und sie erschrocken zusammenzuckte. Schnell zupfte sie sich noch ein paar Haarsträhnen zurecht und ging zur Tür. Arno Schürmann stand, etwas blass, davor und zwang sich zu einem Lächeln.

»Bist du hier raufgeflogen? Ich habe doch vor wenigen Sekunden erst den Türöffner gedrückt.« Sein Anblick fiel ihr im ersten Moment gar nicht auf. Vielmehr war sie damit beschäftigt, ihn anzuschmachten, was sie gekonnt vor ihm verbergen konnte.

»Die Haustür stand offen.« Elara nickte und ging einen Schritt zur Seite. Schnell lief er an ihr vorbei, direkt in die Küche. Er kannte sich in ihrer Wohnung aus. War er schon oft dort gewesen, um mit der – damals noch zusammengehörigen – Familie Wells zu essen oder zu feiern.

Sie folge ihm und holte zwei Tassen aus der Vitrine. Während sie den Kaffee aufsetzte, nahm Arno an ihrem Küchentresen Platz und schnaubte. Dann sah er sie aus müden Augen an.

»Wie geht es dir, Elara?«

»Noch immer genauso, wie heute Morgen«, antwortete sie knapp.

»Es muss grausam gewesen sein, so etwas zu entdecken. Wie kam es überhaupt dazu? Was hast du dort mitten im Wald gemacht?« Angestrengt räusperte sie sich und erzählte ihm alles. Erneut. Anschließend trank sie vorsichtig einen Schluck der heißen Brühe.

»Ist sonst alles in Ordnung bei dir? Kommst du gut zurecht? Du weißt schon …«

»Du meinst, ohne dieses verlogene und psychopatische Arschloch, auch bekannt als mein Ehemann? Ja. Ich komme sehr gut zurecht. Kannst du deinem besten

Freund gern ausrichten.« Erstaunt blickte er zu ihr hinüber. Es war eine Genugtuung für sie zu wissen, dass das Gesagte genauso bei ihrem Exmann ankommen würde und hoffte inständig, dass die Fragerei damit ein Ende hatte, denn sie wollte in seiner Gegenwart ganz sicher nicht von ihrer gescheiterten Ehe sprechen. Aus vielen Gründen.

Während dieser *Ehe* hatte sich Robert Wells nicht zu einem Traummann entwickelt. Nachdem er vom Dienst suspendiert wurde, weil er einem nordafrikanisch aussehenden Mann auf offener Straße, aus falscher Notwehr, in den Kopf schoss, ging es mit ihm steil bergab. Er trank regelmäßig und entwickelte sich zu einem unkontrollierbaren Sadisten. Robert genoss es regelrecht, seine Frau zu quälen und zu erniedrigen. Erst als sie nach schier endlos langen Monaten all ihren Mut zusammenfasste, die Scheidung einzureichen und ihn aus der gemeinsamen Wohnung warf, suchte er sich Hilfe und schaffte es seinen Alkoholkonsum unter Kontrolle zu bekommen.

Einen Moment lang schwiegen sie sich an, dann wurde sie von ihrer Neugierde ergriffen.

»Was ist dem kleinen Mädchen passiert?«

»Du weißt, ich darf darüber keine Auskunft geben.«

»Sicher, aber ich sehe dir an, dass es dir nicht gut geht und ich mache mir Sorgen. Als Freundin.« Das hatte Wirkung.

»Das tote Mädchen heißt Sophie Krause und ging in dieselbe Schule, wie Charlotte.« Er sah Elara bestürzt an, als sie ihm eine Hand auf die Schulter legte.

»Sie sah so irreal aus. Wie eine weggeworfene Puppe mit verkrustetem Blut überall. Sie war geschminkt und … ihr Unterleib war grässlich zugerichtet. So etwas habe ich noch nie gesehen.« Abrupt nahm sie ihre Hand wieder von seiner Schulter und wich ein Stück zurück. Ein eiskalter Schauer lief ihr den Rücken herunter. Arno geriet in einen Redefluss, den sie schnellstmöglich stoppen musste, da sie sonst an seinen Worten zu ersticken drohte. Durch jedes weitere Detail seiner Erzählung entstanden weitere Risse in ihrer Seele. Normalerweise wären seine Worte kein Problem gewesen, aber nicht an so einem klaren Tag wie heute.

Beschwichtigend hob er die Arme und entschuldigte sich, als er zu ihr hinübersah. Er wusste, er hätte nichts sagen dürfen, aber es überkam ihn mit einem Mal.

Sanft legte er eine Hand auf ihren Oberschenkel und sah in ihre Augen. Die Luft war zum Zerreißen gespannt. Sofort erstarrte Elara und sah auf ihr Bein. Ruckartig zog er die Hand wieder weg, als er ihr Unwohlsein bemerkte. Von der Situation ablenkend, bat sie ihm einen weiteren Kaffee an, den er dankend ablehnte.

Zum Gehen bereit erhob er sich schwerfällig vom Stuhl, näherte sich ihr und verabschiedete sich. Gierig sog sie seinen Geruch ein. Schon damals hatte sie etwas für ihn übriggehabt. Wer hätte das nicht? Er war groß, stark und männlich. Eben all das, was Frauen mochten. Das einzige Problem war, dass sein bester Freund ihr Exmann war und darüber hinaus war ihr vornherein klar, auch diese Beziehung in den Sand zu setzen. Spätestens, wenn sie ihrem Gegenüber nicht die gewollte und eigentlich völlig normale Zuneigung geben konnte. Sie war eben ein Psycho. Damit musste sie lernen, sich abzufinden.

Elara stand am Wohnzimmerfenster und blickte Arno hinterher, der auf dem Weg zu seinem Auto war. Sie kreuzte die Arme vor ihrer Brust und schnalzte erschüttert. Seine Worte flogen ihr unaufhaltsam durch den Kopf. *»Alles voller Blut. Der Unterleib zerfetzt«*. Es widerte sie an und sie unterdrückte einen Würgereiz. Völlig erschöpft legte sie sich auf das Sofa und erst viel zu spät bemerkte sie, dass es ein großer Fehler war.

# 7

## Norbert

Seit Stunden saß er in seinem Auto, etwas abseits der Apotheke, um kein unnötiges Aufsehen zu erregen.

Er hatte sich eine dunkelblaue, alte Kappe tief ins Gesicht gezogen und tat so, als würde er telefonieren. Ein Telefonat war die einzige, logische Erklärung, weshalb man einige Zeit in seinem Auto saß und nicht losfuhr, fand er.

Sein Blick schweifte durch die Gegend, jedoch hatte er den Spielplatz stets im Blick. Nervös klopfte er mit den Fingern auf das Lenkrad und sah immer wieder auf seine Armbanduhr. Bald musste die Schule aus sein. Es war bereits kurz vor dreizehn Uhr. Grundschulen hatten meist einen kurzen Unterrichtstag und mit Sicherheit würden ein paar Kinder die Möglichkeit nutzen, vor dem Nachhausegehen, den Spielplatz zu besuchen.

Das war die Chance, die er nutzen würde.

Auf der einen Seite brachte ihn die Aufregung fast um den Verstand, auf der anderen Seite aber, war es unumgänglich.

Er musste es tun.

Nur noch dieses eine Mal.

Wenig später dann endlich die ersehnte Möglichkeit. Zwei kleine Mädchen kamen die Straße entlang und steuerten auf den Spielplatz zu. Jede von ihnen trug ein Kuscheltier bei sich. Ein Mädchen süßer als das andere.

Sein Puls raste. *Wie hübsch sie sind. Ob sie genauso gut riechen?*

Er legte das Smartphone beiseite und stieg aus dem Auto aus. Die Nervosität schnürte ihm die Kehle zu. Mehrmals schluckte er stark und lief – mit gesenktem Blick – die Straße entlang. Die Augen stets auf den Spielplatz gerichtet. In seinem Kopf spielte eine Melodie und sein Gesicht formte ein verschmitztes Lächeln.

Jetzt kamen weitere Kinder und betraten den Spielplatz. Sie schmissen ihre Tornister und Rucksäcke auf einen Haufen und tollten umher. Sie schaukelten, rutschten und spielten Fangen. Wie in seiner Vorstellung. Von Eltern keine Spur. Es war, als würde es das Schicksal gut mit ihm meinen. Aufgeregt sang er in Gedanken zur Melodie. *Ihr Kinderlein kommet, o kommet doch all …*

Dann musste er sich auf seine Atmung konzentrieren und so normal wie möglich wirken. Kein Aufsehen durfte er erregen. Er war fast da.

Langsam ging er weiter auf den Spielplatz zu und las das dort aufgehängte, gelbe Schild:

›Spielplatz für Kinder bis 14 Jahren!
Keine Hunde, Rauchverbot, Ballspielverbot.‹

Nervös und der Ohnmacht nahe, aber dennoch zielorientiert, betrat er den Spielplatz und musste sich schnell etwas einfallen lassen, um mit einem der Kinder in Kontakt treten zu können.

Wie ein Blitz traf ihn der Gedanke und sofort war er in seiner Rolle.

»Bobo? Komm her, alter Junge! Wo versteckst du dich?« Gebückt und nach seinem Hund rufend, ging er den Spielplatz entlang und sah in jedes Gebüsch. »Bobo?«

Ein kleines Mädchen wurde aufmerksam und trat an ihn heran.

»Wen suchst du?«

Ein Kribbeln durchfuhr ihn. Er wandte sich zu ihr um und sah sie traurig an, wischte sich eine imaginäre Träne weg.

»Ich suche meinen kleinen Hund Bobo. Hast du ihn vielleicht gesehen? Er ist mir weggelaufen.« Ein Seufzen.

»Nein, aber vielleicht kann ich dir helfen, deinen Hund wiederzufinden.«

»Das würdest du tun? Das freut mich sehr. Dankeschön.« Das kleine Mädchen lächelte und rief gleich nach dem kleinen Hund. Sie sah in jedes Gebüsch und sogar im Klettergerüst nach, konnte ihn aber nicht finden.

Mit einem leichten Grinsen, das er einfach nicht abstellen konnte, ging er auf das Mädchen zu und fragte, ob sie nicht mit ihm gemeinsam außerhalb des Spielplatzes nach dem Hund suchen wolle und sie nickte eifrig. Sofort lief sie zu ihrem Tornister, winkte ihrer Freundin zu, die gerade dabei war, mit ein paar anderen Kindern, eine Sandburg zu bauen, und verließ gemeinsam mit dem fremden Mann den Spielplatz, in der Hoffnung, ihm bei der Suche nach seinem kleinen, vermissten Hund Bobo eine Hilfe zu sein.

# 8

## Elara

Der Geruch von vergammelten Essen stieg ihr in die Nase. Langsam öffnete sie ihre Augen und wünschte sich, sie hätte es nicht getan. Noch immer war sie in diesem dunklen Kellerraum, indem es modrig und jetzt auch noch nach verschimmeltem Essen roch. Sie setzte sich auf. Das Bett unter ihr quietschte laut. Es war ein altes Metallbett mit metallenen Verzierungen am Kopf- und Fußende. Der Lack splitterte ab und das gesamte Gestell wirkte, als würde das Bett jeden Augenblick in sich zusammenbrechen. Die Matratze, auf der sie lag, war alt und fleckig. Man konnte bereits die einzelnen Federkerne sehen, die ihr ständig in den Rücken drückten. Wo aber kam dieser fürchterliche Gestank her? Sie blickte sich kurz um, bis ihr Blick auf dem kleinen Tisch haften blieb, auf dem das Tablett stand, das ihr der Mann hereingebracht hatte. *Ist das schon so lange her, dass das Essen schimmelt?* Angeekelt hielt sie sich die Nase zu und stieg aus dem Bett. Jetzt, da sie auf dem Boden stand, drehte sie sich abrupt um und griff nach ihrem Stoffhasen. Den durfte sie auf keinen Fall allein in dem ekligen Bett lassen. Außerdem beschütze er sie. Ihre nackten, kleinen Füße tasteten sich auf dem kalten Betonboden vor, bis sie vor dem Tisch stehen blieb. Auf dem Tablett stand ein Teller mit einer Scheibe trockenem Brot, darauf eine Scheibe Wurst, die bereits anfing, sich zusammenzurollen und einem aufgeschnittenen Apfel, der dunkelbraun und von Obstfliegen übersät war. Sie wendete sich von dem ekligen Teller ab und wollte gerade zurück zu dem Bett gehen, als sie ein anderes Bedürfnis innehalten ließ. Aufgeregt sah sie sich um und entdeckte einen kleinen Eimer in der Ecke. Langsam ging sie darauf zu und wollte sich erst gar nicht draufsetzen, aber sie musste so dringend, dass ihr nichts anderes übrig blieb. *Lieber in den Eimer, als in die Hose*, dachte sie.

Plötzlich vernahm sie wieder die Schritte. Sie beeilte sich, aber die Schritte waren schneller. Noch auf dem Behältnis sitzend, hörte sie, wie die Tür aufgeschlossen wurde. Da war er wieder und sah sie an, sagte nichts. Angst kam in ihr auf, denn jetzt musste sie runtersteigen und sich das Höschen anziehen. Krampfhaft versuchte sie, ihn auszublenden, trocknete sich mit einem alten verkrusteten Lappen ab, der auf dem Boden gelegen hatte, und zog sich an. Ängstlich blieb sie neben dem Eimer stehen und wagte nicht, sich zu bewegen. Er kam die Stufen herunter, stellte sich vor sie, wiegte seinen Kopf hin und her und schnalzte kurz mit der Zunge. Anschließend trat er einen Schritt zur Seite und machte ihr den Weg zum Bett frei. Sofort nutzte sie die Gelegenheit, rannte an ihm vorbei und sprang auf das Bett, wobei sich eine Matratzenfeder in ihr Knie bohrte. Sie drückte sich gegen die Wand und verkniff sich den Drang, laut aufzuheulen.

Gemächlich näherte er sich ihr, beugte sich über sie, sog ihren Duft ein und setzte sich neben sie auf das Bett. Ruckartig zog sie die Beine an und versuchte, sich so klein wie möglich zu machen, als er sich hinlegte und ihr deutete, sich dazu zu legen. Sie weigerte sich und schüttelte energisch den Kopf. Niemals wollte sie ihn berühren. Nicht einmal mit dem kleinen Zeh. Noch einmal deutete er ihr, sich dazuzulegen, aber sie wollte nicht, sträubte sich und weinte. Kurz darauf schnellte er nach vorn, packte sie sich und zerrte sie in seine Arme. Wimmernd atmete sie seinen Schweißgeruch ein und fühlte eine leicht klebrige Feuchtigkeit an seinen Achseln. Am liebsten hätte sie den Kopf hochgerissen, aber sie war starr vor Angst. Behutsam begann er, sie am Arm zu streicheln und ihr ein Lied vorzusummen. Doch als er ihr kurz darauf einen klebrigen Kuss auf die Stirn gab und ihr sein stinkender Atem in die Nase kroch, wachte Elara schweißgebadet auf und rannte ins Badezimmer. Gerade rechtzeitig schaffte sie es, den Toilettendeckel hochzuklappen, bevor ihr die Kotze aus Mund und Nase herausschoss. Sie hustete, würgte und spuckte, dann setzte sie sich auf den Badezimmerboden und lehnte sich gegen die Badewanne. *Was für eine kranke Scheiße*, dachte sie und wischte sich mit dem Handrücken die Reste der Kotze von ihrem Kinn. Anschließend stand sie auf und wusch sich Hände und Gesicht.

Ein spitzer Schrei verließ ihre Kehle, als sie einen Blick in den Spiegel warf. Sofort riss sie ihre Hände hoch und vergrub darin ihr Gesicht. *Oh Gott, nein!*

Was sie im Spiegel sah, ängstigte sie zu Tode. Es war ein kleines Mädchen. Ihr Gesicht, zu einer verängstigten Fratze verzogen und in Tränen und Rotze getränkt, blickte direkt durch den Spiegel zu Elara herüber. Hilfesuchend. Fordernd. Erschrocken redete sie sich ein, dass es mit dem plötzlichen Absetzen der Medikamente zu tun hatte, und bemühte sich, ihren Puls wieder herunterzufahren. Erst nach einigen Augenblicken traute sie sich, die Hände vom Gesicht zu nehmen und erneut in den Spiegel zu schauen. Da war sie. Das Gesicht nass, die Augen von Schatten umrandet. Elara.

Ihre Beine zitterten stark und sie hatte Mühe, aufrecht zurück ins Wohnzimmer zu gehen. Die Sorge, völlig verrückt zu werden, war allgegenwärtig.

Auf einmal kroch ein komisches Gefühl durch ihre Eingeweide und sie warf einen raschen Blick auf die Wanduhr, die über dem Sideboard hing. Als sie die Uhrzeit registrierte, verlor ihr Gesicht jegliche Farbe und sie geriet ins Straucheln. Der Boden unter ihr wankte, als wäre sie an Bord eines Fischerbootes, das gegen die raue See ankämpfte.

Charlotte hätte längst zu Hause sein müssen. Panik überkam sie und sofort malte sie sich das schlimmste Szenario aus: Ihre Tochter in den Fängen der Bestie, die auch Sophie Krause auf dem Gewissen hatte.

Sie musste sie sofort suchen!

Entschlossen sprang sie in ihre Schuhe, griff sich Smartphone und Schlüssel und eilte aus der Wohnung.

Ohne auf den Verkehr zu achten, rannte sie über die Straße und ignorierte das Hupkonzert, das sie damit auslöste. Außer Atem stieg sie in ihr Auto und preschte los. In der schwindenden Hoffnung, ihre Tochter würde sich nur verspäten.

# 9

## Norbert

In der hintersten Ecke des Bettes hatte sie sich zusammengekauert und für einen Moment zu Weinen aufgehört.

Es war ein Leichtes, sie vom Spielplatz zu locken und ins Auto zu verfrachten, doch von dort an war alles nicht mehr so leicht gewesen. Sie fing an zu weinen und zu schreien, als sie bemerkte, dass er gar nicht mehr nach seinem Hund suchte. Es war schwierig gewesen, sich auf den Verkehr zu konzentrieren und gleichzeitig dafür zu sorgen, dass sie leise war, damit sie keine Aufmerksamkeit auf sich zogen. Er war nicht gut genug vorbereitet gewesen, hatte vergessen, ein Stück Stoff oder etwas Gaffer Tape einzupacken, um ihren Mund zuzukleben. *Scheiß Kurzschlussreaktion!* Glücklicherweise hatte er geschafft, sie mit Süßigkeiten und der Aussicht nach Hause zu kommen, zu beruhigen, doch als sie den Keller betraten, sah er sich gezwungen, sie schnellstmöglich zu knebeln. Er durfte unter keinen Umständen auffallen!

Behutsam trug er sie durch den Flur in den Keller. Ihre Schuhe waren mit Sicherheit voller Sand und den wollte er keineswegs in seinem sauberen Haus haben.

Sicher, der Keller gehörte ebenso zu seinem Domizil, aber das war etwas anderes. Dort unten galten andere Regeln.

Schweigend stand er vor dem Bett und musterte das kleine Mädchen, das ihr Kuscheltier fest umschlossen hatte und auf die Bettdecke starrte. Ihre Haare waren wüst und mit vereinzelten Blättern und Ästen bestickt.

Kleine Überbleibsel der Suchaktion. *War ja schon niedlich mit anzusehen, wie sie durch die Büsche kroch*, dachte er verzückt und lächelte leicht. Doch als er weiter an ihr herabsah, ekelte er sich zunehmend. Ihre Kleidung war starr vor Dreck, die Knie aufgeschürft und ihre zierlichen Finger glichen Erdklumpen. Das musste er unverzüglich ändern. Schnell lief er die Treppe hinauf und kam mit einem Eimer Wasser, Seife und einem Lappen zurück.

»Komm her, ich wasche dich!« Das Mädchen wimmerte hinter dem Knebel und schüttelte heftig mit dem Kopf. Mit Widerstand hatte er gerechnet, also packte er ihren Arm und zog sie vom Bett. Das Kind schrie erschrocken auf und wand sich wie eine Schlange, um sich aus seiner Umklammerung zu befreien. Mit Mühe schaffte er es, sie auf den Boden zu legen und sich auf sie zu setzen. Darauf achtend, dass ebenso ihre wild umherschlagenden Arme unter ihm begraben waren.

»Je weniger du dich wehrst, desto besser für dich«, redete er ruhig auf sie ein, während sie sich abkämpfte, um sich zu befreien.

»Zuerst säubern wir dein Gesicht«, fuhr er fort und weitete angeekelt die Nasenflügel, als er den dicken Rotzfaden sah, der bereits ihre zarte Oberlippe berührte. Wie oft er Kinder gesehen hatte, die sich die gelbe Glibbermasse in den Mund saugten oder mit der Zunge dran spielten, bis die Mutter mit einem Taschentuch herbeieilte. Unweigerlich schüttelte er sich und stieß angewidert auf, ehe er den Lappen in das heiße Wasser tauchte. Ohne ihn auszuwringen, klatschte er ihr das durchtränkte Tuch ins Gesicht und wischte es sauber. *Schon besser.* Als Nächstes waren die Hände und ganz besonders die Finger dran. Vorsichtig zog er einen Arm zwischen seinen Beinen hervor und sah sich ihre zierlichen Finger genau an. *Unter den Nägeln hat sie den halben Sandkasten gebunkert.* Fein säuberlich und mit einer Engelsgeduld wusch er jeden einzelnen Finger sauber. Er ignorierte die verzweifelten Tritte hinter und das bisschen Aufbäumen unter sich. Irgendwann würde sie verstehen, dass es keinen Sinn machte, ihre Kraft auf diese Weise zu verschwenden.

Nachdem er beide Hände gewaschen hatte, überlegte er, wie er am einfachsten die Knie sauber bekam, ohne von ihr zerkratzt zu werden, sobald er ihr den Rücken zudrehte. Er versuchte es erst auf die nette Weise, indem er sie höflich darum bat, die Knie selbst zu säubern. Das war natürlich nicht gerade von Erfolg gekrönt, also stand er auf, packte sie und drehte sie auf den Bauch, während er sich rücklings zu ihr drehte und behutsam auf ihrem kleinen Hintern Platz nahm. Ihre Beine strauchelten wild rauf und runter und verfehlten sein Gesicht ein paarmal nur knapp. Kurzerhand packte er ihre Beine mit einem gekonnten Griff und nahm sie in den Schwitzkasten, darauf achtend, dass sie nicht überdehnten. Ihr Kleid rutschte dabei hoch und bedeckte nur noch knapp ihre Oberschenkel. Erneut griff er nach dem Lappen und wusch ihre Beine sauber. Der Dreck an den Knien ließ sich am schwierigsten entfernen, sodass er ihn runterrubbeln musste.

Als er das Kind endlich gesäubert hatte, stand er schwungvoll auf und trat ein Stück zur Seite. Völlig erschöpft rappelte sich das kleine Mädchen auf und kroch auf das Bett. Zitternd nahm sie ihr Stofftier und legte sich in Embryonalstellung auf die alte Matratze.

»Siehst du, war doch gar nicht so schlimm«, sprach er leise zu ihr und stellte den Eimer an die Kellertür.

Minuten vergingen, ehe er wieder mit ihr sprach.

»Ich würde dir gern den Knebel abnehmen, aber du musst mir versprechen, nicht zu schreien, sonst muss ich dir wehtun, okay?«

Das Kind, das unverändert auf dem Bett kauerte, nickte leicht. Langsam trat er an das Bett heran, öffnete, ohne den Blick von ihr zu wenden, den Knebel und entfernte ihn. Achtlos schmiss er das Stück Stoff auf den Boden und ging vor ihr in die Hocke. Was jetzt kam, ließ ihn grundsätzlich vor Freude erzittern.

# 10

## Norbert

Lächelnd griff er unter das Bett und zog einen alten Schuhkarton heraus. Beim Öffnen durchfuhr ihn ein angenehmer Schauer. Er liebte den Moment, wenn er die kleine SD-Karte in das Aufnahmegerät steckte, den Aufnahmebutton drückte und die ersten Geräusche auf die Karte gespielt wurden.

Kurz erklärte er dem Mädchen, was er von ihr verlangte und betonte stets, dass er sie verletzen würde, wenn sie sich widersetzte. Das funktionierte immer.

»Also, wenn ich die Taste gedrückt habe, wiederholst du alles, was wir gerade besprochen haben, verstanden?«

»Ja, okay«, antwortete sie mit zittriger Stimme und setzte sich auf.

Hastig schluckte er einige Male, bevor er einen kleinen Countdown runterzählte und das Aufnahmegerät einschaltete.

***

In den ersten Sekunden der Aufnahme war nichts zu hören, dann ein leises Rascheln, gefolgt von Atemgeräuschen. Er nickte ihr zu und deutete ihr, jetzt zu sprechen.

»Hihihi. Hallo … Onkel Norbi.«

*Oh ja, die ersten Worte! Was für eine liebliche Stimme die kleine Maus hat.* Mit angehaltenem Atem wartete er darauf, was sie als Nächstes ins Gerät hauchte.

»Ich möchte spielen. Bitte, spiel mit mir.« Tränen stiegen ihr in die Augen. Er stoppte die Aufnahme und wartete, bis sie sich beruhigt hatte.

»Nur noch eine Sache, dann hast du es geschafft«, lächelte er ihr aufmunternd zu. Er brauchte diese Audiodatei. Unbedingt!

Das Mädchen wischte sich die Tränen mit dem Handrücken aus dem Gesicht, schluchzte noch ein paarmal und war bereit, den Rest draufzusprechen.

Vorsorglich zählte er erneut einen kleinen Countdown runter, bevor er mit der Aufnahme fortfuhr und gebannt auf die letzten Worte wartete, die diese SD-Karte füllen würden. Die schönsten Worte von allen. Die kleine Buchstabenaneinanderreihung, die ihn in Ektase brachte, seinen Schwanz steil in die Höhe ragen ließ und seine Lenden zum Kochen brachte.

Mit feuchten Händen hielt er ihr das Gerät an den Mund. Atemlos und gebannt starrte er auf ihre Lippen, die sich zögerlich öffneten. Am liebsten hätte auf der Stelle abgespritzt.

»Oh bitte, hör nicht auf. Das ist so schön!«

Weinend vergrub sie ihr Gesicht im Stofftier, doch er war zufrieden und freute sich schon sehnlichst auf den nächsten Schritt.

# 11

## Norbert

Nachdem er den Schuhkarton vorerst wieder verstaut hatte, stellte er sich einen Stuhl ans Bett und setzte sich darauf, um dem Kind nahe zu sein, ohne ihm – zumindest vorerst – wieder zu nahe zu kommen. Nervös faltete er die Hände und suchte nach Worten.

»Möchtest du etwas trinken? Du bist bestimmt durstig.« Das Mädchen schüttelte energisch den Kopf und starrte auf die Bettdecke.

»Etwas essen, vielleicht?«

Keine Reaktion.

»Ein schönes Kuscheltier hast du da. Magst du mir seinen Namen verraten?«

Das Mädchen sah auf ihr Kuscheltier und wieder zur Bettdecke. Leise und erschöpft vom vielen Weinen, antwortete sie ihm schließlich.

»Moritz.«

»Ein schöner Name. Passend für ein Tierchen wie dieses.«

»Das ist ein Stinktier«, antwortete sie energisch, als wäre das nicht offensichtlich gewesen. Er lächelte sanft. Ob er das Eis gebrochen hatte?

»Wie ist denn dein Name?«

Das Mädchen reagierte erst nicht, verriet es ihm aber letztendlich.

»Du hast sicher schon die Puppen entdeckt, stimmts?« Ein Nicken ihrerseits folgte.

»Wenn du möchtest, kannst du gern mit ihnen spielen. Ein paar von ihnen haben einen Namen, manche aber noch nicht. Vielleicht gefällt dir ja eine Puppe besonders gut.«

*Die wird dann wahrscheinlich deinen Namen tragen, kleines Mädchen*, grinste er in sich hinein. Sie sah zu einer Gruppe Mädchenpuppen, die in einer Ecke des Raumes auf einer Decke saßen und mit Babypuppen spielten, die von echten Babys kaum zu unterscheiden waren. Ihm fiel ihr verblüffter Blick auf, als sie die täuschend echt wirkenden Puppen musterte.

»Die Babypuppen sehen wirklich wie echt aus, oder? Ich habe sie extra anfertigen lassen. BABY-born-Puppen sind mir zu unrealistisch.«

Einen Moment sah sie noch zu den Puppen, dann für den Bruchteil einer Sekunde zu ihm und direkt wieder auf die Bettdecke. Gänsehaut breitete sich auf seinem gesamten Körper aus, als ihr Blick seinen traf. Es erregte ihn stark, aber es war noch zu früh für Streicheleinheiten. Er musste sich ablenken. Es durfte nicht so schnell zu Ende gehen, wie beim letzten Mal.

»Okay, ich lasse dich einen kleinen Moment allein und mache dir etwas zu essen. Ich bin gleich wieder da.« Langsam und den Blick unbeirrt auf das Kind gerichtet, erhob er sich vom Stuhl und erhoffte sich eine letzte Reaktion ihrerseits, vergebens. Sein Gast schwieg und vergrub das Gesicht in das Kuscheltier.

Als er im Flur stand und den Riegel vor die Kellertür schob, fuhr er sich nervös durch das Haar. Diese Kurzschlussreaktion könnte ihn noch teuer zu stehen kommen. Nun hieß es Ruhe bewahren und nichts überstürzen. Er schloss die Augen und atmete ein paarmal tief durch. Erst einmal musste er versuchen, dem Mädchen die Angst zu nehmen. Sie war freiwillig mit ihm mitgegangen, jetzt musste er sie dazu bewegen, freiwillig bei ihm zu bleiben. Zielstrebig lief er in die Küche und öffnete den Vorratsschrank. Er wusste, was Kinder gern aßen und holte ein Paket Spaghetti Napoli hervor.

Während das Essen kochte, holte er sein Smartphone hervor und suchte die zuletzt gewählte Nummer heraus. Noch während das Freizeichen ertönte, legte er wieder auf. Jetzt war noch nicht die Zeit für ein Telefonat. Er musste sich beeilen.

Vorsichtig nahm er den Teller und verließ die Küche. Er verspürte keinen Hunger, ihn durchfuhr ein anderes Verlangen. Die Nervosität schnürte ihm den Hals zu, legte ihn förmlich in Ketten. Schweißperlen bildeten sich auf seiner Stirn, als er im Flur vor der Kellertür stand und den Riegel beiseiteschob. Gleich würde er sie wiedersehen. Ihr Vertrauen gewinnen. Mit ihr und den anderen spielen. Doch als er einen Fuß auf die erste Stufe setzte, hielt er in seiner Bewegung inne. Ein Geräusch, leise und doch so durchdringend, unterbrach sein Vorhaben. Er wandte sich um, stellte den Teller auf der Kommode im Flur ab und griff nach dem Treppengeländer. Den Blick nach oben gerichtet, schnaubte er.

Zögerlich setzte er einen Fuß vor den anderen. *Nur einmal horchen, ob etwas los ist*, dachte er. *Gar nicht großartig oben aufhalten, du hast Besuch. Und Besuch soll man ja bekanntlich nicht warten lassen. Darüber hinaus läuft mir die verdammte Zeit weg.* Sein im Geiste geführter Monolog, brachte ihn in Rage. *Keine Zeit, verdammt. Keine Zeit.*

Er erreichte die erste Etage und ging den Gang hinunter, von dem drei Türen abgingen. Eine führte ins Gästezimmer, die andere ins Arbeitszimmer und die letzte, am Ende des Ganges, ins Schlafzimmer.

Vor der Schlafzimmertür blieb er stehen und lauschte gebannt. So leise wie möglich, drückte er sein Ohr an die

Tür, um die Geräusche im Inneren besser hören zu können. Das Röcheln hatte aufgehört. Jetzt vernahm er nur ein gleichmäßiges Atmen, gefolgt von einem monotonen Piepton, der ihm die nötige Sicherheit verschaffte. Es war alles in Ordnung, zumindest für den Moment.

# 12

## Elara

Zielstrebig fuhr sie den Schulweg ihrer Tochter ab. Wenn sie es nicht schaffte, Charlotte pünktlich von der Schule abzuholen, sollte ihre Tochter einen ganz bestimmten Weg nach Hause einschlagen.

Ihr Herz raste und ihr Körper bebte. Die Angst machte es ihr schwer, sich auf den Verkehr zu konzentrieren und gleichzeitig Ausschau nach dem Kind zu halten. Sie musste ihre Tochter finden und durfte sich keinen Fehler erlauben. Alles war kostbare Zeit, die draufging.

Just, als sie an der Schule anhielt und aussteigen wollte, vibrierte ihr Smartphone. Als sie den Namen auf dem Display las, schnürte es ihr die Luft ab. Was wollte er von ihr? Warum rief er ausgerechnet jetzt an? Sie atmete tief ein und nahm den Anruf entgegen.

»Elara, ich bin es Robert. Ich würde gern mit Charlotte sprechen.« Es durchfuhr sie wie ein Blitzschlag, als er ihren Namen erwähnte. Unter keinen Umständen wollte sie ihm sagen, dass Charlotte nicht nach Hause gekommen war. Das würde eskalieren und davor hatte sie eine ebenso große Angst wie davor, dass ihrer Tochter etwas passiert sein könnte.

»Wir wollten Einkaufen fahren. Charlotte ist soeben auf ihrem Sitz eingeschlafen. Ich möchte sie ungern wecken. Kann sie dich später zurückrufen?«, log sie. Auf die Antwort wartend, hielt sie den Atem an. Ihr Herz schlug wie wild gegen den Brustkorb.

»Gut. Lass sie schlafen.«

»Sonst noch was?«, antwortete sie etwas zu barsch, innerlich zerrissen vor Sorge.

»Mehr wollte ich gar nicht. Bis dann.«

Ohne sich von ihm zu verabschieden, legte sie auf und warf das Smartphone auf den Beifahrersitz. Verzweifelt stützte sie ihre Stirn auf dem Lenkrad ab und atmete ein paarmal tief durch, ehe sie aus dem Auto stieg und zum Eingang der Schule rannte. Sie rüttelte an der Tür, doch die war bereits verschlossen. *Verdammt!* Verzweifelt sah sie sich nach allen Seiten um und entdeckte eine Apotheke, die sich in einer Querstraße schräg gegenüber der Grundschule befand. Sofort hetzte sie über die Straße, aber auch dort hatte niemand ihre Tochter gesehen. Mit Tränen in den Augen verließ sie die Apotheke wieder. Da fiel ihr Blick auf einen kleinen Spielplatz, der von großen Bäumen und Sträuchern umringt war. Unbeirrt rannte sie darauf zu. Von Weitem sah sie ein paar Kinder im Sand spielen und ein Hauch von Hoffnung stieg in ihr auf. *Bitte, lass Charlotte unter den spielenden Kindern sein*, flehte sie gen Himmel und wurde sofort enttäuscht, als sie am Gelände angekommen war. Kein einziges Mädchen war auf dem Spielplatz. Nur ein paar Jungs, die dort Sandburgen bauten. Außer Atem ging zu ihrem Auto zurück. Als sie einstieg, kam ihr ein neuer Gedanke, der ihr einen Funken Hoffnung bescherte. *Vielleicht haben wir uns nur verpasst!*

Sie raste durch die Straßen, konnte keinen klaren Gedanken mehr fassen und es glich einem Wunder, dass auf ihrem Weg nach Hause kein Unfall passierte. Ihre Tochter musste einfach dort sein! Elara parkte den Wagen auf demselben Parkplatz, von dem aus sie vorhin losgefahren war und rannte über die Straße zu dem Mehrfamilienhaus.

*Vielleicht hat Charlotte bei den Nachbarn geklingelt, um reingelassen zu werden, und wartet vor der Wohnung*, war der einzige Gedanke, den sie zuließ, als sie ihr Kind nicht vor der Haustür stehen sah. Gleich zwei Stufen nahm sie auf einmal und rief dabei Charlottes Namen, ohne eine Antwort zu bekommen. *Das muss nichts heißen*, dachte sie und rannte die Stufen hinauf in den zweiten Stock. Als sie oben angekommen war, heulte sie auf, teils aus Erschöpfung, teils aus Verzweiflung.

Charlotte war nicht da.

In dem Augenblick, als Elara den Schlüssel ins Türschloss steckte, öffnete sich eine andere Tür. Eine alte Frau stand mit fragendem Gesichtsausdruck im Türrahmen.

»Annelise, ist Charlotte bei Ihnen?«, fragte Elara sofort, als sie ihre liebe Nachbarin erblickte, die für ihr Kind wie eine Oma war. Annelise Schmitz schüttelte erschrocken den Kopf, unfähig, ein Wort zu sagen. Ohne Erklärung schloss Elara die Tür auf und wusste, dass es keinen Weg mehr daran vorbei gab. Sie musste Robert anrufen. Es stand viel auf dem Spiel, aber die Sorge um ihre achtjährige Tochter überwog, und so griff sie nach dem Telefon und wählte seine Nummer. Nach dem dritten Freizeichenton hob er ab. Sie schluckte schwer und rang nach den passenden Worten. Wie sagte man einem Mann, dem man vor Kurzem erst versichert hatte, dass es friedlich schlafen würde, dass sein Kind verschwunden war?

# 13

## Norbert

Vorsichtig, um nichts zu verkleckern, stieg er die Stufen hinab. *Vielleicht hat sie sich zu der Teegesellschaft gesellt oder sitzt mit einer meiner Babypuppen auf dem Boden und gibt ihr die Flasche*, dachte er voller Vorfreude auf das mögliche Szenario, das ihn erwartete. Die Enttäuschung gab ihm eine saftige Ohrfeige, als er das Mädchen noch immer auf dem Bett sitzen sah. Er ging zum Tisch und stellte den Teller darauf ab. Um ihr mehr Platz zu machen, stellte er das Teeservice zur Seite und setzte die Puppen zu den anderen auf die Decke.

Trotz des zerreißenden Gefühls der Enttäuschung blickte er lächelnd zu dem Bett herüber. »Ich habe dir Nudeln mit Tomatensoße gekocht. Ich hoffe, du magst das. Komm, iss, sonst wird es noch kalt.« Das kleine Mädchen sah zu dem Tisch hinüber und er konnte sehen, dass sie tatsächlich darüber nachdachte, etwas davon zu essen. Damit es ihr leichter fiel, vom Bett aufzustehen, entfernte er sich von dem Tisch und stellte sich neben den Schaukelstuhl. Er musterte das Mädchen und kniete sich neben den Stuhl, um mit ihr auf einer Höhe zu sein. In irgendeinem Klatschblatt für Eltern hatte er mal gelesen, dass es der beste Weg sei, einem Kind gegenüberzutreten und dessen Vertrauen und Aufmerksamkeit zu erhalten.

Er spürte eine leichte Berührung, drehte sich kurz zu der Puppe um, die auf dem Stuhl saß, und sah Lissy. Die Kleine mit den blonden geflochtenen Zöpfen, den blauen Augen und den rosa Lippen, die sich vor einigen

Stunden noch bewegt und ihn zu Tode erschreckt hatte. Sie saß friedlich auf ihrem Platz und starrte ins Leere. In ihm regte sich etwas. Es war eine Mischung aus Unwohlsein und Erregung, die er nicht zuordnen konnte. Galt das Gefühl Lissy oder dem kleinen Mädchen?

Verwirrt legte er eine Hand auf Lissys Bein. Sofort durchfuhr ihn ein wohliges Gefühl. *Oh ja!* Er blickte zu dem kleinen Mädchen, das stocksteif auf dem Bett saß, und anschließend zu der Puppe. Er hatte eine Idee.

Norbert griff sich Lissy und ging mit ihr zum Bett hinüber. Dann setzte er die Puppe darauf ab und stellte sie dem kleinen Mädchen vor.

»Ich würde mich sehr freuen, wenn ihr euch anfreundet«, lächelte er das kleine Mädchen an, das ihn ungläubig anstarrte.

»Es ist doch nichts dabei. Das ist eine Puppe. Kleine Mädchen spielen doch gern mit so was«, versuchte er, sie zu überzeugen. Sie aber rührte sich nicht. Die Ungeduld stieg unaufhörlich an und ließ seinen Verstand für einen Augenblick aussetzen. Er schnellte nach vorn und packte sie fest am Oberarm. Mit einem Ruck zog er sie zu sich. Ihr plötzliches Aufheulen und Wimmern versetzte ihn in Schockstarre. *Das ist viel zu laut!* Was hatte er getan? Es trat genau das ein, was er nicht wollte.

»Hör auf zu heulen. Sei ruhig!«, presste er hervor. Dieser Tonfall, in dem unterdrückte Wut mitschwang, brachte das kleine Mädchen nur noch mehr dazu, vor lauter Angst und Schmerz zu weinen. Sie umklammerte ihr Stofftier und steigerte sich immer weiter in die Heulerei hinein. Wippte vor und zurück und rief immer lauter werdend nach ihrer Mutter.

In seinem Gehörgang piepte es zunehmend und das Gejammer ging ihm durch Mark und Bein. Schmerzerfüllt hielt er sich die Ohren zu und wollte so lange ausharren, bis sie endlich mit dem Gebrüll aufhörte, jedoch tat sie es nicht. Er musste weg. Ohne länger zu zögern, stieg er schnellen Schrittes die Treppe hinauf, schaltete das Licht aus, knallte die Kellertür zu und verriegelte sie. Dann lief er ins Badezimmer und spritzte sich kaltes Wasser ins Gesicht. *Zur Hölle, hat das Kind ein Organ.* Er konnte nur hoffen, dass die Nachbarn nichts mitbekommen hatten. Sie musste aufhören, so einen Lärm zu machen. Irgendwie musste er sie dazu bringen, leise zu sein. Angestrengt dachte er nach und sah in den Badezimmerspiegel. *Denk nach, denk nach*, versuchte er, seinen Denkapparat anzukurbeln. Er schlug sich gegen die Stirn, presste seine Augen zusammen und spürte einen plötzlichen Schmerz in der Brust. *Tief durchatmen. Jetzt nur keinen Herzinfarkt bekommen.* Wieder spritzte er sich kaltes Wasser ins Gesicht. Es musste eine Lösung her und auf einmal wusste er, welche. Schnell öffnete er den Spiegelschrank über dem Waschbecken und holte ein kleines Fläschchen hervor. *Dass ich nicht schon eher daran gedacht habe*, durchfuhr es ihn verärgert. Er drehte das Fläschchen mit der Aufschrift ›Dormicum‹ in seiner Hand und zog einen Teil der Flüssigkeit in eine Spritze auf. Anschließend steckte er diese vorsichtig in seine Hosentasche. Er würde es ihr geben müssen, danach wäre sie entspannt … und ruhig.

Als er sich erneut in den Keller begeben wollte, um dem Geheule ein Ende zu bereiten, vernahm er hilflos klingende Rufe aus dem oberen Stockwerk.

Er atmete schwer aus und ließ den Kopf hängen. *Das hat mir gerade noch gefehlt*, dachte er, als er die Stufen zum ersten Stock hochstieg. Was die Alte wohl von ihm wollte? Inständig hoffte er, dass sie sich nicht schon wieder eingeschissen hatte, denn obwohl ihm noch viel an ihr lag, brachte er es kaum fertig, ihren alten, faltigen Hintern zu säubern. Manchmal wünschte er sich eine Pflegekraft, die die ganze Sauarbeit erledigte, aber das konnte er sich nicht leisten. In vielerlei Hinsicht nicht!

Leise klopfte er an die Schlafzimmertür und verharrte, bis er ein röchelndes »Herein« vernahm. Er trat ein und sah sie auf dem Bett liegen. Ein Sauerstoffgerät zu ihrer Rechten, das sie ständig durch eine Maske mit Sauerstoff belieferte, blickte die alte Frau mit ihren trüben Augen zu ihm herüber. Ihre Haut war ergraut und hing in Falten. Ihr Gesicht war eingefallen. Ihre Hände, die gefaltet auf ihrem Bauch ruhten, waren mit Altersflecken übersät. Ihr gesamter Körper bestand nur noch aus Haut und Knochen.

Im ganzen Raum lag der Geruch von zu Grunde gehendem Fleisch, gepaart mit Medikamenten, die sich auf dem Nachttisch stapelten, in der Luft.

»Was kann ich für dich tun?«, fragte er und trat näher an das Bett heran.

Die alte Frau griff mit einer zittrigen Hand nach der Sauerstoffmaske und nahm sie von ihrem Gesicht.

»Durst«, wisperte sie. Das Sprechen kostete sie eine Menge Kraft. Nur mit Mühe schaffte sie es, sich die Atemmaske wieder aufzusetzen.

Langsam ging er um das Bett herum und schenkte ihr ein Glas Wasser ein. Er wartete einen Moment, bis sie sich wieder gefangen hatte, dann nahm er ihr die Atemmaske wieder ab. Anschließend glitt er mit der einen Hand unter ihren Kopf, hob ihn vorsichtig an und führte mit der anderen das Wasserglas zu ihrem Mund. Unbeholfen trank sie und schmatzte laut. Das Wasser lief ihr an den Mundwinkeln herunter. Ihr fauliger Atem, stieg ihm in die Nase und er musste sich stark zusammenreißen, nicht zu kotzen.

Nachdem die Alte fertig getrunken hatte, trocknete er ihr den Mund ab und setzte ihr die Atemmaske wieder auf.

»Wenn du noch etwas brauchst, benutze die Klingel.« Er reichte ihr eine Patientenklingel, die er vorsorglich bei ihr installiert hatte, und drückte sie ihr in die Hand. Sie nickte leicht und schloss erschöpft die Augen.

»Gut, dann bin ich wieder unten. Ruh dich aus und schlaf ein bisschen.«

Ohne sich erneut umzudrehen, verließ er das Schlafzimmer, verschloss die Tür und stieg die Treppen hinab. Er musste zurück in den Keller.

# 14

## Norbert

Mit jeder Stufe spürte er die Spritze in seiner Gesäßtasche. Das Adrenalin stieg und pumpte das Blut immer schneller durch seine Adern. Kleine Schweißperlen bildeten sich auf seiner Stirn und die Nervosität brachte ihn fast um den Verstand. Auf der einen Seite freute er sich über das, was gleich kommen würde, aber auf der anderen Seite flog immer ein leichter Hauch Unwohlsein durch seine Glieder.

Dieses Mal durfte es nicht so enden, wie beim letzten Mal, aber wie sollte er das beeinflussen können? Es lag an ihr, wie der Tag verlaufen würde.

Er betätigte den Lichtschalter und ging die Treppe hinab in den Keller. Es war still geworden. Zu seinem Erstaunen hatte das Mädchen sich beruhigt. Als er auf das Bett sah, bekam er eine Gänsehaut, die er nicht einzuschätzen wusste.

Sie saß zusammengekauert auf dem Bett und hielt mal wieder ihr Stofftier im Arm. Die Augen geschwollen vom vielen Weinen, die Haut gerötet und das Haar teilweise im nassen Gesicht klebend, sah sie ihn an.

»Bitte entschuldige. Ich wollte dich vorhin nicht erschrecken«, versuchte er, ihr die Angst zu nehmen. Ein letztes Mal.

»Schau mal, ich habe etwas für dich.« Zielstrebig ging er auf eine kleine Kommode zu und öffnete die obere Schublade. Voller Vorfreude holte er ein weißes Spitzenkleid hervor. Sein absolutes Lieblingskleid. Er liebte dieses Kleid so sehr, dass er es in mehreren Größen in der Schublade aufbewahrte. Selbst Lissy trug eines davon.

»Hier, zieh das an.« Lächelnd hielt er es ihr hin, aber sie machte keine Anstalten, es entgegenzunehmen. »Ich sagte, du möchtest das Kleid anziehen. Wir wollen doch sehen, ob es dir passt.« Sein Hals schnürte sich zu, doch er behielt die Kontrolle.

»Nein. Das ist hässlich!« *Endlich eine Reaktion, wenn auch eine freche. Mutiges Kind.*

»Das Kleid ist nicht hässlich. Probier das an, dann wirst du sehen, wie toll du darin aussiehst.« Sein letzter Versuch, es auf die gute Art zu probieren.

»Nein!«

»Wie du willst!« Wütend legte er das Kleid auf dem Bett ab und griff nach ihrem Arm. Sie wehrte sich heftig und schrie, aber sie hatte keine Chance. Er war stärker.

Ruckartig zog er ihr das verdreckte Kleid aus, zerrte es ihr förmlich vom Körper. Verzweifelt krabbelte sie von ihm weg, aber es half nichts. Er griff nach ihrem Fußgelenk und zog sie zu sich. Schnell setzte er sich auf das Bett und klemmte das Kind zwischen seine Beine. Gezielt griff er nach dem sauberen Kleid und stülpte es ihr über. Das Mädchen versuchte mit aller Kraft, das Teil von ihrem Körper zu reißen, vergeblich.

»Halt still. Dann tu ich dir nicht weh!« Er hatte Mühe, ihr das Kleid anzuziehen und kam dabei ins Schwitzen. Trotz seiner Überlegenheit wehrte sie sich enorm und brachte, für ihr Alter, eine erstaunliche Kraft auf, die ihm gar nicht aufgefallen war, als er vorhin auf ihr saß.

Endlich hatte er ihr das Kleid angezogen und zugebunden. Leicht erschöpft ließ er von ihr ab. Heulend rannte sie von ihm weg und verkroch sich hinter der

Treppe. Sie schluchzte unkontrolliert, war zum Schreien inzwischen viel zu erschöpft.

Einen Augenblick schwiegen beide, ehe er das Wort an sie richtete: »Siehst du, ich sagte doch, du siehst toll aus in dem Kleid.« Das Mädchen reagierte nicht.

»Jetzt fehlt eigentlich nur noch eine Sache und ich hoffe, diesmal hältst du still! Noch mal mach ich das Theater von vorhin nämlich nicht mit. Verstanden?« Außer dem Schluchzen hinter der Treppe bekam er keine Antwort. Nicht, dass es ihn wunderte.

Voller Tatendrang erhob er sich vom Bett und ging erneut zur Kommode. Dieses Mal öffnete er die zweite Schublade und holte eine Kosmetiktasche hervor.

»Komm zu mir«, wies er sie an, begab sich zum Bett und öffnete die Tasche. Wimperntusche, blauer Lidschatten und rosa Lippenstift holte er hervor, drapierte alles ordentlich auf dem Bett.

»Wir werden aus dir eine Prinzessin machen«, freute er sich total darauf, sie zu schminken und aus ihr das zu machen, was seiner Meinung nach für sein weiteres Vorhaben nicht falsch war: eine Puppe.

Einen Augenblick lang saß er auf dem Bett und sah zur Treppe hinüber. Das Kind tat alles, um sich so unsichtbar wie möglich zu machen, was ihn amüsierte. Kichernd stand er auf und begann, mit ihr zu spielen.

»Eckstein, Eckstein, alles muss versteckt sein.« Genau in die entgegengesetzte Richtung ging er und tat so, als würde er das kleine Mädchen suchen. »Wo hat sie sich bloß versteckt?« Schon fast routiniert spielte er ihr was vor und suchte nach ihr. Den ganzen Raum lief er ab, bis es nur noch einen Ort gab, an dem er nachsehen musste: hinter der Treppe. Blitzschnell war er mit einem Satz bei ihrem Versteck und griff nach ihrem Arm. Jedoch erwischte er ihr Haar, was sie aufheulen ließ. »Ich habe dich gefunden«, triumphierte er lachend und trug das Kind zum Bett. Verzweifelt trat sie wieder um sich, im Versuch, sich aus seinem Griff zu befreien. Mit keiner Faser ihres Körpers hatte sie vorgehabt aufzugeben und sich von ihm schminken zu lassen. Genauso, wie er es sich gedacht hatte. Geschickt hielt er sie im Schwitzkasten und holte die Spritze aus seiner Tasche.

*Ich wollte es vermeiden, mein Kind, aber du lässt mir keine andere Wahl!*

Mit seinen Zähnen zog er die Kappe ab, dann rammte er ihr die Spritze in den Arm. Den gesamten Inhalt drückte er ihr in den kleinen Körper und schmiss anschließend die Spritze in eine Ecke.

Das kleine Mädchen schrie kurz auf, dann verstummte sie und sackte zusammen.

*Jetzt kann ich endlich loslegen*, freute er sich und legte ihren schlaffen Körper auf das Bett, eher er sich die Schminke nahm und sie nach seinen Vorstellungen verschönerte. Sie würde seine lebende Puppe sein und er freute sich schon sehr darauf, mit ihr zu spielen.

# 15

## Norbert

Angestrengt wühlte er in einer Küchenschublade.

»Wo ist das Scheißteil denn?«, fluchte er und öffnete die nächste. Als er dort fündig wurde, lächelte er über das ganze Gesicht. Endlich konnte es losgehen. Er legte das Cutter-Messer in einen Karton, in dem sich bereits Nadel und Faden, ein paar Blätter Küchenrolle, Gaffer Tape, ein schwarzer Permanentmarker und Gummihandschuhe befanden und marschierte zurück in den Keller.

»Okay, meine Hübschen. Wir müssen alles für die Operation vorbereiten. Lissy, du passt auf unsere Patientin auf«, befahl er der kleinen Puppe, die er auf dem Bett platziert hatte. Dann breitete er eine Plane auf dem Boden aus und setzte die restlichen Puppen im Kreis darum. Schließlich konnten sie noch eine Menge von ihm lernen.

Das kleine Mädchen lag derweil zugedeckt im Bett und rührte sich nicht. Die Wirkung des Beruhigungsmittels hatte, zu Norberts Glück, noch nicht nachgelassen und so konnte er ungestört mit seinem Spiel fortfahren.

Nachdem er alles zurechtgelegt und sich einen alten Kittel angezogen hatte, stülpte er sich die Gummihandschuhe über und packte sich seine kleine Patientin. Fürsorglich zog er ihr das Kleid aus, legte sie behutsam auf den Boden und drehte sie auf den Bauch.

»Jetzt wollen wir mit dem ernsten Teil beginnen. Ich bitte um eure vollste Aufmerksamkeit, denn dies kann ich nur einmal machen, wie ihr wisst.«

Mit ruhiger Hand griff er nach dem Cutter-Messer und setzt es zwischen den Schulterblättern an. Noch einmal sah er zu seinen Zuschauern, bevor er die Spitze des Messers in den Körper drückte und einen geraden Schnitt runter bis zum Beginn des Steißbeins machte. Kaum hatte er den Einschnitt getätigt, legte er das Messer beiseite und nahm ein Blatt Küchenrolle, womit er sich eine imaginäre Schweißperle von der Stirn tupfte. Anschließend nahm er zwei scharfe Wundhaken zum Auseinanderhalten der Schnittöffnung. Diese Operationsinstrumente hatte er kostengünstig im Internet erstanden. Die gabelähnlichen Instrumente mit den sechs scharfen, gebogenen Zinken eigneten sich ebenso für andere Spiele mit diversen Körperöffnungen. Natürlich gab es sie auch mit stumpfen Zinken, aber wo blieb da der Spaß?

Vorsichtig befestigte er die Haken und zog die Wundränder auseinander. Einen Moment starrte er auf das Innere seines Patienten, doch als er den nächsten Schritt gehen wollte, hörte er die Klingel. *Na toll. Ausgerechnet jetzt*, ging es ihn durch den Kopf. Er zog die Handschuhe und den Kittel aus und verließ den Keller.

Als er die Haustür öffnete, wurde er kreidebleich.

»Was … machst du denn hier?«, stammelte er und hatte einzig und allein die Absicht, den Besucher schnellstmöglich wieder loszuwerden.

»Ich wollte mal nach dem Rechten sehen.«

»Hier gibt es nichts zu sehen, alles palletti«, versuchte Norbert, die Situation irgendwie zu retten.

»Das freut mich. Dann macht es dir ja auch sicher nichts aus, wenn ich mal einen Blick auf deine sich bewegende Puppe werfe, oder?«, grinste er Norbert an, der nervös auf seiner Unterlippe kaute.

»Weißt du, ich habe gerade keine Zeit. Komm doch einfach in ein paar Stunden wieder. Ja, das würde besser passen.«

»Ist klar, Norbert«, nickte der Besucher und drückte sich an ihm vorbei. »Ich finde den Weg schon selbst«, sagte er noch, dann öffnete er die Kellertür und stieg die Stufen hinab.

Norbert, der am liebsten schreiend davongelaufen wäre, folgte ihm und kaute nun an den Fingernägeln. Eine Angewohnheit, die er bereits als Kind entwickelt hatte, wenn er wusste, dass Ärger vorprogrammiert gewesen war. Am Telefon konnte er sich großkotzig und unnahbar geben, doch wenn sein Freund vor ihm stand, war alles anders.

»Was zum Teufel?« Sofort blieb Norbert mitten auf der Treppe stehen und sah seinen Freund an, der ungläubig mitten im Raum stand und abwechselnd zum Bett und zum Boden sah.

»Verdammt Norbert. Was tust du hier?«

»Spielen«, antwortete er knapp und zuckte mit den Schultern.

»Spielen? Ja, das sehe ich.«

»Ich hätte dich ja noch angerufen.«

»Das habe ich mir gedacht. Sag mal, sehe ich aus wie eine Putze, die hinter deiner Sauerei her wischt? Ach, vergiss es.« Mit einer abwertenden Handbewegung beugte er sich über das Bett und tastete nach dem Puls des Mädchens. Er war schwach, aber noch fühlbar. Kopfschüttelnd zog er die Decke weg und schnalzte verächtlich mit der Zunge, als er die große Blutlache erblickte, die sich unter ihr gebildet hatte.

»Kann man sie noch retten?«, fragte Norbert kleinlaut und erntete ein höhnisches Lachen.

»Natürlich könnte man sie noch retten, aber das werden wir nicht. Ich nehme sie jetzt mit und beende *mal wieder*, was du nicht geschafft hast.« Schroff wickelte er das Kind in die Decke ein und hob es hoch. Ohne ein weiteres Wort zu verlieren, lief er an Norbert vorbei und knallte die Kellertür hinter sich zu.

So schön das Spiel begonnen hatte, so abrupt endete es. Schon wieder.

Traurig, sich nicht von der Kleinen verabschiedet zu haben, kniete er wieder vor der Puppe, die nach der Operation ihren Namen tragen würde.

Lustlos öffnete er den Schuhkarton mit dem Aufnahmegerät, holte die SD-Karte heraus und steckte sie in ein Modul, das nicht größer als eine Streichholzschachtel war. Anschließend befestigte er das kleine Teil mit Klebeband in ihrem Körper und schloss ein Netzteil daran an. Zum Schluss installierte er einen Lautsprecher hinter ihrem Mund und verlegte ein paar Kabel, an deren Enden Druckschalter angebracht waren. Dann nahm er sich Nadel und Faden, nähte den aufgeschlitzten Rücken wieder zu und schrieb mit dem Permanentmarker den Namen des kleinen Mädchens auf ihr Schulterblatt.

# 16

## Elara

Es dauerte nicht lange, da stand Robert Wells zusammen mit Arno Schürmann vor ihrer Tür. Zitternd ließ sie die beiden Männer in die Wohnung. Sie hatte Mühe, aufrecht zu stehen und klammerte sich am Türrahmen fest. Ihre Augen rot unterlaufen, ihr Gesicht bleich. So einen Schmerz und solch eine Angst hatte sie nie gefühlt. Es zerriss sie buchstäblich von innen heraus. Die Ungewissheit, was ihrem Kind passiert sein könnte, konnte sie nicht ertragen. Dazu schmetterten ihr ständig die grausamsten Bilder durch den Kopf. Bilder, die ihren Träumen erschreckend ähnlich waren.

Robert drückte sich wortlos an ihr vorbei in die Küche, Arno legte seine Hand auf ihren Arm und dirigierte sie mit sanftem Druck hinterher. Robert schnaubte wie ein wildgewordenes Tier und warf ihr einen bitterbösen Blick zu. Zu Recht, das war ihr selbst klar.

»Wie konnte das passieren? Erkläre mir das! Was ist, verdammt noch mal, so schwer daran, Charlotte pünktlich von der Schule abzuholen?« Mit der flachen Hand haute er auf den Tresen und schüttelte den Kopf. Er hatte Mühe, nicht die Beherrschung zu verlieren, das spürten alle.

Erschrocken zuckte sie zusammen. Seine Wutausbrüche kannte sie gut, hatte sich allerdings an die eingekehrte Ruhe bei sich zu Hause gewöhnt.

»Es war keine Absicht. Ich bin nach der Arbeit nach Hause gekommen und eingeschlafen. Meine Träume hatten mich …«

»Natürlich, deine Träume. Was auch sonst? Elara, ich sage dir jetzt mal was: Bekomm dein beschissenes Leben auf die Reihe! Suche dir einen Psychiater! Du bist doch irre«, unterbrach er sie und schmiss, wild mit den Armen fuchtelnd, mit extremen Beleidigungen um sich. Nichts Neues für sie.

Arno, der genug gehört hatte, meldete sich zu Wort: »Mit Beschuldigungen kommen wir nicht weiter. Eure Tochter ist verschwunden und wir müssen sie finden. Reißt euch also bitte zusammen.«

Robert senkte den Kopf und atmete tief durch. Ihm war durchaus bewusst, dass es nichts brachte, jetzt die Beherrschung zu verlieren. Elara war sich ziemlich sicher, dass sie sich irgendwann eine Tracht Prügel von ihm einfangen würde, je nachdem, wie das ganze Drama endete, aber in diesem Moment gab es nichts Wichtigeres als das Verschwinden ihrer gemeinsamen Tochter. Sofort zückte Arno seinen Notizblock und wollte mit der Befragung beginnen, als sein Diensthandy klingelte. Atemlos musterte sie seinen Gesichtsausdruck, als er das Gespräch annahm Von einem zum anderen Moment wurde ihr der Boden unter den Füßen weggezogen, als er kreidebleich das Telefon in seine Jackentasche zurücksteckte und etwas von einem weiteren Leichenfund sagte, während er schon zur Tür eilte.

Sofort riss sie die Hände vor den Mund und unterdrückte ein Schluchzen. Robert ballte eine Faust, haute auf den Tresen und stampfte ebenfalls aus der Wohnung. »Gnade dir Gott, wenn sie das ist!«, rief er ihr noch aus der Ferne entgegen und ließ sie mit diesen Worten allein zurück.

Elara lief ihnen hinterher, blieb im Hausflur stehen und blickte die Treppe hinab. *Ob ich es überleben würde, wenn ich einfach springe?*, fragte sie sich und schüttelte energisch mit dem Kopf. *Noch ist es nicht sicher, dass es Charlotte ist.*

Der Verlustschmerz und die Ungewissheit waren für einen Augenblick im Begriff, die Kontrolle über sie zu gewinnen und verführten sie dazu, über so eine Scheiße nachzudenken. Voller Kummer wischte sie sich eine Träne aus dem Gesicht, ehe sie zurück in ihre Wohnung eilte. Immer noch zitternd griff sie nach der Fernbedienung und schaltete den Fernseher an. Wie erstarrt stand sie mitten im Raum und blickte auf den Bildschirm. Zappte durch die Kanäle, bis sie an einem haften blieb.

»… wurde soeben eine weitere Kinderleiche entdeckt. Sie muss erst vor Kurzem unter der Kanalbrücke abgelegt worden sein. Edmund und Sibille M., die die Leiche des kleinen Mädchens fanden, berichteten, dass sie diesen Weg einige Minuten zuvor bereits passiert hatten und dort noch nichts entdeckten. Der Täter muss die Leiche also innerhalb des kurzen Zeitraums, der verging, bis sie erneut an dieser Stelle vorbeikamen, dort abgelegt haben. Die Polizei vermutet, dass er sich noch in der Nähe aufhält und bittet die Bevölkerung, besonders wachsam zu sein. Das Mädchen weist dieselben Verletzungen auf wie das Opfer, welches erst am Morgen in einem nahegelegenen Wald gefunden wurde. Wir werden sie selbstverständlich auf dem Laufenden halten.« Elara sah zur großen Wanduhr. Es war bereits nach siebzehn Uhr.

Entschlossen griff sie nach dem Telefon. Sie musste wissen, wer das Kind war. Doch gerade, als sie die Nummer des Mordermittlers aus ihren Kontakten herausgesucht hatte, klingelte es an der Tür und sie fuhr erschrocken zusammen.

Sofort rannte sie zur Wohnungstür und blickte in die trüben Augen einer alten Dame. Mit ein paar Kuchenstücken im Gepäck stand da Annelise Schmitz, ihre direkte Nachbarin. Im ersten Moment legte sich eine dicke Wolke der Enttäuschung über Elara, doch dann nahm sie den Teller dankend entgegen und entschuldigte sich, dass sie vorhin einfach gegangen war. Während sie der Dame ihr Problem schilderte, legte sich deren Stirn in weitere Falten.

»Alles klar, Kindchen. Ich bin für euch da. Klingel einfach, wenn irgendwas sein sollte«, gab die Nachbarin bestürzt zurück und schlich zurück in ihre Wohnung.

Gerade, als Elara die Tür ins Schloss fallen ließ, klingelte es erneut und ihr wäre vor Schreck fast der Teller aus der Hand gefallen. Umgehend betätigte sie den Türöffner, riss die Tür wieder auf und war sich nicht sicher, ob sie lachen oder weinen sollte, als sie wenige Augenblicke später Charlotte erblickte, die freudestrahlend die Treppe hochgelaufen kam. Zuerst überwog die Erleichterung, doch nach einer überschwänglichen Begrüßung spürte sie anstelle der Freude nur noch Zorn. Sobald sie wieder in der Wohnung waren, stellte sie ihre Tochter zur Rede.

»Wo kommst du jetzt her?«, fragte sie mit strengem Tonfall. Vorwurfsvoll setzte sie hinzu: »Weißt du eigentlich, was für Sorgen ich mir gemacht habe?«

Charlotte setzte sich auf den Sessel und senkte den Blick. Allem Anschein nach war ihr bewusst, dass sie etwas falsch gemacht hatte.

»Ich bin nach der Schule mit Julia auf den Spielplatz gegangen und als sie weg war, bin ich noch mit Jannes aus meiner Klasse zu ihm nach Hause gegangen. Dort haben wir im Garten Ball gespielt.«

Elara traute ihren Ohren nicht und ging auf Charlotte zu, die Hände zu Fäusten geballt. In ihr brodelte es. Sie war sich nicht sicher, wie oft sie das bereits besprochen hatten und trotzdem passierte es.

»Ist dir eigentlich klar, dass ich dich überall gesucht habe? Dir hätte sonst was passiert sein können! Wir hatten eine Abmachung! Du weißt, dass du nach der Schule sofort nach Hause kommen musst!« Die letzten Worte schrie sie ihrer Tochter regelrecht entgegen. Überrascht, so angebrüllt zu werden, blickte Charlotte zu ihrer Mutter auf und fing zu weinen an.

Für einen Augenblick verlor Elara die Kontrolle und haute mit der Faust auf die Stuhllehne. Dann wendete sie sich erschrocken ab. Die Heftigkeit ihres Zorns überraschte alle beide. Die Welle an Gefühlen war schwer zu kontrollieren. Angst, Wut, Trauer, Hass, Verzweiflung und Freude knallten mit solch einer geballten Wucht gegen ihren Brustkorb, dass sie befürchtete, dieser könnte zerschellen und in kleinen Einzelteilen fortgespült werden. Niemals würde sie ihrer Tochter absichtlich wehtun, aber was wäre, wenn sie das nächste Mal nicht die Lehne treffen würde? Sie schüttelte den Kopf. Niemals! Da konnte ein Tsunami in ihr toben.

Weinend sprang Charlotte vom Sessel auf und rannte in ihr Zimmer. Elara bekam umgehend ein schlechtes Gewissen. Sie würde, gleich nach dem sie telefoniert hatte, zu ihr gehen und in Ruhe mit ihr reden. Sie nahm ihr Smartphone zur Hand und wählte Roberts Nummer. Als er abhob, sagte sie ihm, dass Charlotte wohlbehalten zu Hause angekommen sei. Robert pustete erleichtert in den Hörer. Egal, wie sehr er sich zum Negativen verändert hatte, seine Tochter war sein Ein und Alles.

»Weiß man schon, wer das Mädchen ist«, verwickelte Elara ihn in ein Gespräch.

»Bin ich ein Ermittler? Wohl kaum«, zischte er zurück. Unmissverständlich machte er ihr klar, dass er keinen Wert auf eine Unterhaltung mit ihr legte und beendete, ohne ein weiteres Wort, das Telefonat. Einen Moment hielt sie noch das stumme Telefon an ihr Ohr, bevor sie Arno kontaktierte.

»Hey, ich bin es, Elara. Charlotte ist nach Hause gekommen«, begann sie direkt.

»Sehr gut. Wenigstens eine gute Nachricht.«

»Du, sag mal, heißt das tote Mädchen Julia?« Es dauerte einen Augenblick, bevor er antwortete.

»Woher weißt du das?«

»Charlotte war heute Mittag mit ihr auf dem Spielplatz in der Nähe der Schule.« Er räusperte sich und antwortete hektisch: »Alles klar, ich komme sofort vorbei. Vielleicht kann sie uns weiterhelfen.« Noch ehe Elara etwas dagegen sagen konnte, hatte er aufgelegt.

***

Wenig später trafen er und sein Partner Thomas Winkler ein. Charlotte sprang Arno in die Arme. Sie kannte ihn von Geburt an und hatte ein sehr gutes Verhältnis zu ihm. So wie alle eigentlich.

»Hallo, meine Große. Was bin ich froh, dass dir nichts passiert ist.« Behutsam setzte er sie sich auf seinen Schoß und verlor keine weitere Zeit. »Ich habe gehört, dass du heute mit einer Freundin auf dem Spielplatz an deiner Schule warst. Ist dir etwas Merkwürdiges aufgefallen?« Charlotte stutzte und spielte mit einer blonden Strähne, die ihr aus dem Zopf gefallen war.

»Da war ein alter Mann. Er trug eine blaue Kappe und hat nach einem Hund gerufen.«.

»Und hat er den Hund gefunden?«

»Nein. Julia wollte ihm helfen den Hund zu finden und hat überall nachgesehen. Sogar im Klettergerüst.« Sie kicherte. »Sie haben dann außerhalb des Spielplatzes weitergesucht. Ich habe solange mit den anderen Kindern gespielt und eine riesengroße Sandburg gebaut.«

Thomas Winkler, der die letzten Wörter in sein Notizbuch geschrieben hatte, fragte Charlotte, ob sie noch wüsste, wie der Mann ausgesehen hatte und Charlotte begann, nervös an ihren Fingernägeln zu kauen.

»Er sah aus … wie Opa! Darf ich jetzt wieder spielen gehen?«

»Einen Moment, Charlotte! Du sagst, er sah wie dein Opa aus?« Elara wurde augenblicklich schlecht, ließ sich aber nichts anmerken.

»Ja, wie Opa Harald.«

»Das ist unmöglich«, schoss es daraufhin doch aus ihr raus. »Der ist seit Ewigkeiten im Pflegeheim.« Arno hob das Kind von seinem Schoß und erlaubte ihr, wieder spielen zu gehen. Kurz sah er ihr nach, bis sie die Zimmertür verschlossen hatte, dann wendete er sich Elara zu. »Das klingt wirklich wirr, zumal ich weiß, wie es um Roberts Vater steht. Trotzdem werden wir umgehend ins St. Annas Pflegeheim fahren und mit ihm sprechen.« Sie nickte verwirrt. Mal ganz davon abgesehen, wer der Entführer gewesen sein konnte, hätte es genauso gut auch Charlotte anstelle von Julia treffen können, wenn sie ihre Hilfe angeboten hätte.

Ihr kam die Kotze hoch und sie rannte ins Badezimmer. Der Gedanke war einfach zu viel für sie.

»Okay, wir machen uns dann wieder auf den Weg. Wenn was sein sollte, melde dich«, rief ihr Arno hinterher. Sie hörte, wie die Wohnungstür ins Schloss fiel und kotzte eine Fontäne aus Wasser und Galle in die Kloschüssel.

Allmählich war sie sich sicher, dass es keine gute Idee gewesen war, die Pillen wegzulassen. Die ständige Kotzerei und die ganzen schlechten Gefühle, die sie bereits den ganzen Tag durchmachte, raubten ihr die Kräfte. Sie wäre besser dran, wenn sie einfach die Tür des Badezimmerschränkchens aufmachte und sich die Pillen in den Rachen schmeißen würde. Keine Gefühle. Keine Schmerzen. Einfach da sein.

Daraufhin erhob sie sich vom Badezimmerboden und öffnete den Spiegelschrank. Bereit, einen Fehler zu machen.

# 17

## Norbert

Nackt saß er im Schneidersitz auf dem Boden und strich mit einem Finger mehrmals über den Namen, den er seiner Puppe auf das Schulterblatt geschrieben hatte. *Julia.* Nie würde er sie vergessen. Sie war tougher gewesen als Sophie. Hatte sich mehr gewehrt, wollte sich weniger bieten lassen. Hing an ihrem jungen und unerfahrenen Leben.

Auch wenn er das Spiel mit ihr nicht beenden konnte, hatte er einen kleinen Trost: die Puppe. Ihr hatte er den Namen und die Stimme des Mädchens verliehen und würde sie gleich testen.

Grinsend hielt er sie so, dass ihre Augen auf seinen Schwanz gerichtet waren.

»Was schaust du ihn so an?«, sagte er mit belegter Stimme und drückte ihren linken Unterarm, woraufhin sie zu Sprechen begann: »Hihihi. Hallo, Onkel Norbi.«

Sofort stellte sich sein Schwanz auf.

»Hi, meine Kleine. Du hast aber gute Laune«, interpretierte er aus der gestellten Freude und erklärte ihr, was sie an seinem steifen Penis entdeckt haben musste.

»Das ist nichts Schlimmes und auch kein Pipi. Das nennt man Präejakulat oder Lusttropfen. Es ist ein Drüsensekret, weißt du. Das wird bei sexueller Erregung abgesondert, meine Schöne.« Er führte ihre kleine Hand zu seiner Penisspitze und wischte damit sanft den Vorsaft weg. Daraufhin ließ er seinen Penis auf und ab wippen und kicherte.

»Siehst du, wie er sich freut?«, sagte er und drückte anschließend auf ihren rechten Arm.

»Ich möchte spielen. Bitte, spiel mit mir!«

»Oh ja, ich kenne da ein tolles Spiel. Es heißt: Versteck den Wurm. Soll ich dir zeigen, wie es geht?« Seine vor Geilheit zitternde Hand drückte den Kopf der Puppen-Julia mehrmals vor und zurück. *Sie nickt*, freute er sich und stöhnte.

»Komm her, Julia.« Behutsam schmiegte er sich an sie und setzte sie sich langsam auf seinen Schoß. Seine Atmung wurde immer schneller, je öfter er sie ihn sanft reiten ließ und als er die Hitze und den Druck in seinen Lenden kaum noch aushalten konnte, kniff er ihr in den kleinen Hintern und sein Lieblingssatz ertönte aus ihrem Mund.

»Oh bitte, hör nicht auf. Das ist so schön!«

Nur noch zwei weitere Stöße waren nötig, dann explodierte er und schoss sein angestautes Ejakulat in die Kinder-Sexpuppe.

Unmittelbar nachdem er Julia gesäubert hatte, zog er sie und anschließend sich selbst wieder an und setzte die Puppe zu den anderen drei, die gerade Doktor spielten.

Da fiel sein Blick auf Sophie, die sich vor Kurzem dazugesellt hatte. Das erste Mädchen, seit einer gefühlten Ewigkeit, das er an sich rangelassen hatte. Sofort dachte er wieder an den Tag, an dem er sie sich geholt hatte. An diesen einen Tag, an dem er schwach geworden war und seinen Gefühlen freien Lauf gelassen hatte.

***

Es war an einem Mittwoch. Schon länger hatte er das Gefühl gehabt, irgendetwas würde mit ihm nicht stimmen. Er fühlte sich schlapp, lustlos und mies gelaunt, doch konnte er sich nicht erklären, warum. Krank werden würde er nicht. Er wurde nie krank. Wovon auch? Nur selten verließ er das Haus und wenn doch, vermied er stets den direkten Kontakt mit anderen Menschen, sofern es sich irgendwie einrichten ließ. Selbst beim Einkaufen zog er es vor, sich an die Selbstbedienungskasse zu stellen, als einer unfreundlichen, meist adipösen und ungepflegten Kassiererin zumindest freundlich zulächeln zu müssen, um *nett* zu wirken. Psychische Auffälligkeiten waren ihm ebenso fremd. Sein Verstand war zu jeder Zeit klar und gefestigt und niemand konnte ihm je einreden, dass es nicht so war.

Nachdem er den Einkauf in seinen Wagen gepackt hatte, fiel ihm ein kleines Mädchen auf, das allein den Parkplatz überquerte. Sie trug Leggins, ein Shirt mit Aufdruck und einen viel zu großen Rucksack auf dem Rücken. Ihre blonden Haare hatte sie zu einem Zopf zusammengebunden, der bei jedem Schritt aufregend hin und her wippte.

Norbert sah ihr interessiert hinterher und wunderte sich über die ausgelösten Glücksgefühle, die ihn mit einem Mal überkamen. Die dunkle Wolke, die seit einer geraumen Zeit über ihm schwebte, lichtete sich und ließ endlich einige Sonnenstrahlen durch, die seine Sinne mit guter Laune durchfluteten. Das noch einmal fühlen zu können, versetzte ihn in eine solche Euphorie, dass er kurzerhand entschloss, dem kleinen Mädchen zu folgen. Er wollte das Gefühl nicht sofort verlieren, am liebsten wollte er es nie mehr loswerden. Eine Gedankenflut durchströmte durch seinen Körper, wie er es lange nicht erlebt hatte. Er stellte sich vor, wie er das Glücksgefühl nahm, in ein großes Einmachglas steckte und für immer bei sich trug, um sich stets daran laben zu können.

Vor einem alten Fachwerkhaus blieb er stehen und schaute dem Mädchen hinterher, das auf ein Haus auf der gegenüberliegenden Straßenseite zueilte und hineinging. Nur mit Mühe konnte er lesen, was auf dem Schild am Hauseingang stand: ›Karinas Ballettschule‹. Sein Gesicht formte ein verzücktes Lächeln. *Eine kleine Ballerina. Wie niedlich.* Er beschloss, in seinem Wagen zu warten, bis der Ballettunterricht vorbei war und die Mädels nach Hause gingen.

Nach etwas mehr als sechzig Minuten strömten die kleinen Ballerinen aus dem Gebäude und hetzten zu den ankommenden Autos, in denen sich mit aller Wahrscheinlichkeit die Eltern befanden.

Kurz vor Ende der Ballettstunde hatte es angefangen, heftig zu regnen. *So ein Mist*, dachte er. Die kleine blonde Maus würde wohl ebenso von ihren Eltern abgeholt werden, wie der Rest der Bande. Doch was war das? Aus der Ferne erkannte er das Mädchen, das allein die Straße hochlief. Sie war die Einzige, auf die niemand wartete. Anscheinend musste sie den ganzen Weg durch den starken Regen nach Hause laufen. *Wie traurig*, dachte Norbert, beseelt von aufrichtigem Mitgefühl, und doch stieg Freude in ihm auf. Das war seine Chance.

Er trat aufs Gaspedal und näherte sich der Kleinen. Schnell kurbelte er das Fenster herunter und sprach sie direkt an. Es musste so wenig suspekt wie möglich wirken und was war unauffälliger, als es offensichtlich zu machen?

»Hallo. Wirst du denn nicht abgeholt? Es regnet doch ganz schlimm. Du wirst total nass.« Das Mädchen sah in den Wagen und nickte.

»Meine Mama hat zu viel zu tun. Ich geh immer allein nach Hause.«

»Na los, steig ein. Du holst dir noch den Tod, wenn du durch den Regen läufst.«

Die Kleine überlegte kurz, stieg in das Auto und nahm auf dem Beifahrersitz Platz.

»Vielen Dank.«

»Gern geschehen. Wie ist dein Name, kleine Ballerina?«

»Sophie Krause«, gab sie zurück. »Was trägst du da?«

Irritiert sah er zu ihr rüber, doch dann wusste er, von was sie sprach und lachte.

»Du meinst meinen Pullunder, richtig?« Sie nickte eifrig und lächelte ihn freundlich an.

»So was habe ich noch nie gesehen. Ich kenne wirklich keinen, der das trägt.«

»Na ja, weißt du, wenn es nicht kalt, aber auch nicht so warm ist, trage ich das am liebsten über meinem Hemd, damit ich nicht friere. Frieren ist doof, finde ich.«

»Ich auch«, gab sie lachend zurück und blickte zufrieden aus dem Seitenfenster. Nicht ahnend, dass er sie keineswegs nach Hause fahren würde. Stattdessen würde er ihr seinen Keller zeigen und sich noch einige Stunden an dem Glücksgefühl ergötzen, bis ihn die Panik überkommen und er seinen Freund anflehen würde, das Kind wegzubringen.

***

Norbert streichelte sanft über die Schulter der Sophie-Puppe und fuhr mit den Fingern ihren mit Permanentmarker geschriebenen Namen nach. Nach Lissy war sie die Erste gewesen, die er wieder an sich herangelassen hatte. Ein ganz besonderer Moment, den er für immer bei sich tragen würde.

# 18

## Elara

Nachdem Elara ihre Tochter am Abend ins Bett gebracht hatte, verweilte sie noch eine Weile auf dem Sofa und zappte durch die Kanäle, als sie beim Nachrichtensender hängen blieb und sich ihre Nackenhaare aufstellten.

»... wie uns die örtliche Polizei mitteilte, handelt es sich bei dem Opfer um die achtjährige Julia Z. Das Opfer wurde unter der Kanalbrücke von Hundehaltern entdeckt. Berichten zufolge trug das zweite Opfer ebenfalls ein weißes Kleid mit Rüschen und wirkte ebenso puppenhaft, wie das erste Opfer, das heute Morgen von einer Joggerin im Wald gefunden wurde. Ob es einen Zusammenhang zwischen den beiden Toten gibt, ist noch nicht bekannt.«

Elara schaltete den Fernseher aus und ging ins Schlafzimmer. Dieser Tag musste schnell vorübergehen. Zu viel hatte sie gesehen und gehört. Es war unvorstellbar, dass eine Ewigkeit nichts in ihrem Leben los war und plötzlich alles an einem Tag auf sie einprasselte und sie zu ersticken drohte. Ihr Kopf war kurz vorm Platzen. Ständig sah sie das Gesicht des Kindes vor sich, das sie gefunden hatte, und der Schock wegen Charlottes kurzzeitigem Verschwinden hing ihr tonnenschwer in den Knochen. Was sie aber am meisten verwirrte, war das schreckliche Gefühl, das ihr durch die Glieder strömte, wenn sie an die Kleider dachte, die beide Mädchen trugen, als sie tot aufgefunden wurden. Was hatte es damit nur auf sich?

Ausgerechnet heute Morgen hatte sie sich fest vorgenommen, sich nicht mehr zu betäuben. Glücklicherweise empfand sie sich selbst als stark genug, trotz dieser ganzen Scheiße, nicht wieder mit den giftigen Pillen anzufangen. Stattdessen hatte sie dieses Teufelszeug einfach in den Mülleimer geworfen. Das Verlangen wuchs trotzdem stetig, mit jeder weiteren Hiobsbotschaft, aber sie wollte gottverdammt noch mal stärker sein. Das erste Mal seit Ewigkeiten hatte sie das Bedürfnis, mehr als ein Schuhabtreter und ein sich wegduckendes Elend zu sein und das begann ihr allmählich zu gefallen.

Völlig übermüdet streifte sie sich ihre Anziehsachen vom Körper und schmiss sich aufs Bett. Noch eine ganze Weile lag sie wach da und drehte sich unruhig von einer Seite zur anderen, bis sie aus Erschöpfung endlich einschlief und bereits kurz darauf schweißgebadet erwachte. So konnte das nicht weitergehen. Sie wollte doch nur schlafen.

Ihre Atmung ging stoßweise, als sie nach dem Hörer griff und die Nummer ihres Chefs wählte. Es war ungewöhnlich, ausgerechnet ihn in so einer Situation zuerst anzurufen, aber sie vertraute ihm und das reichte. Nach wenigen Augenblicken hob Ivan Pietrovic ab und meldete sich mit einer verschlafenen Stimme. Flüchtig warf sie einen Blick auf ihren Wecker und verfluchte sich sogleich.

»Oh Gott, Doktor. Bitte entschuldigen Sie. Ich habe die Zeit nicht im Blick gehabt. Ich habe Sie bestimmt geweckt.«

»Wen würden Sie um vier Uhr morgens nicht wecken, Frau Wells? Was kann ich für Sie tun?«

Elara nahm ihren Mut zusammen und umriss ihm in groben Zügen ihr Problem.

»Wenn Sie möchten, kann ich gern vorbeikommen. Wir müssen das nicht am Telefon besprechen.«

Dankend willigte sie ein.

***

Ivan Pietrovic setzte sich auf ihr Sofa und holte Block und Stift hervor. Müde fuhr er sich durch das Gesicht, atmete schwer und bat: »Haben Sie vielleicht eine Tasse Tee für mich?«

Elara, die ihm gegenüber Platz genommen hatte, sprang auf und eilte in die Küche. Wenig später kehrte sie mit zwei dampfenden Tassen zurück.

»Dann erzählen Sie mal, Frau Wells. Was hat Ihnen solche Angst gemacht, dass Sie mich um diese Uhrzeit kontaktiert haben?«

Sie schluckte schwer und vergrub ihre Hände zwischen ihren Schenkeln.

»Ich träume wirklich schreckliche Dinge. Genau genommen, ist es immer nur ein Szenario: Ich bin ein kleines Mädchen, das in einem fensterlosen Raum gefangen gehalten wird. Außer mir ist da noch ein Mann. Sein Gesicht kann ich nicht erkennen. Es wirkt wie ein tiefes schwarzes Loch, in das ich hineinstarre, während er mir zu nah kommt.«

»Was genau meinen Sie damit?«

»Nun, er bringt mir etwas zu essen und legt sich zu mir ins Bett. Ich muss mich in seinen verschwitzten Arm legen und er fängt an, mich überall zu streicheln.«

Kurz machte sie eine Pause und schüttelte sich vor Ekel und Scham. Mit ihrem Chef haarklein über so ein Thema zu sprechen, trieb ihr die Schamesröte ins Gesicht, jedoch kam für sie ein anderer nicht infrage. Ivan Pietrovic hingegen wirkte völlig ruhig und keineswegs peinlich berührt, was sie ein wenig beruhigte. Vermutlich hatte er schon Hunderte ähnliche Gespräche geführt und wusste im Schlaf, wie er darauf zu reagieren hatte. Oder eben nicht.

»Wann hatten Sie diesen Traum zum ersten Mal?«

»Schon vor einigen Jahren. Ich konnte mich bisher nur noch nicht dazu durchringen, mit einem Psychologen darüber zu sprechen. Von meinem Hausarzt habe ich Beruhigungsmittel verschrieben bekommen, die ich schluckte. Die haben aber nicht geholfen.« Sie sah Ivan Pietrovic eindringlich an.

»Ich werde Ihnen helfen, dem auf den Grund zu gehen. Erzählen Sie weiter.«

Laut sog sie die Luft ein, als wäre es der letzte Sauerstoff, den sie je atmen würde. Sie schloss ihre Augen und fuhr fort: »Ich trage ein Kleidchen, friere und fühle mich total unwohl. Er zieht es mir aus und beginnt …«

Sie stockte und wischte sich die Hände mehrmals an ihren Oberschenkeln ab. Das über die Lippen zu bringen war, als müsste sie Nägel kotzen.

»Es ist in Ordnung, Elara. Lassen Sie sich ruhig Zeit und scheuen Sie sich nicht, ins Detail zu gehen. Ich höre Ihnen zu und meistens hilft es den Betroffenen, das Übel beim Namen zu nennen«, beruhigte er sie.

Verlegen hustete sie und fuhr mit geschlossenen Augen fort: »Er missbraucht mich. Ich spüre, wie er mit seiner Zunge über meinen Intimbereich fährt und ekel mich total, da sie sich nass und schleimig anfühlt. Ununterbrochen fasst er mich dabei mit seinen rauen Händen an, überall. Ich versuche, ihn wegzudrücken und sage ihm, dass er aufhören soll. Seine Antwort verfolgt mich anschließend den gesamten Tag über: *»Deine Mama mag es sicher, wenn man das bei ihr macht.«* Stöhnend zieht er sich anschließend die Hose aus und an seiner Penisspitze bildet sich ein Tropfen, der Fäden zieht. Er erklärt mir, was das ist und wackelt mit seinem Ding rum. Gott, wie mich das anekelt. Krampfhaft versuche ich aufzuwachen, da ich mir sicher bin, dass es nur ein Traum ist, aber es geht nicht. Erst, wenn er sich mit seinem stinkenden verschwitzten Körper auf meinen legt, meine Beine auseinanderdrückt und ich spüre, dass etwas Hartes versucht, in meine Vagina einzudringen, wache ich auf.«

Sie räusperte sich und kontrollierte angestrengt ihren Würgereiz.

»Aber wissen Sie, was das Verrückteste an der Sache ist?«, fuhr sie dann gefasst fort. »Ich träume diese Scheiße nun schon so lange und als ich heute Morgen das kleine Mädchen gefunden habe, kam es mir vor, als könnte es einen Zusammenhang geben.«

Ivan Pietrovic hustete.

»Sie sind die Joggerin, die das Kind gefunden hat? Warum haben Sie das denn nicht schon früher gesagt? Ich hätte Ihnen heute freigegeben. So etwas Grausames muss doch erst verarbeitet werden.«

»Danke, aber das war nicht nötig. Wie Sie sehen, bin ich schon leicht irre und die Ablenkung tat gut. Wo war ich stehen geblieben?«, sortierte Elara ihre Gedanken. »Ach ja, richtig. Beide Mädchen, das im Wald und das am Kanal, trugen ein weißes Kleid mit Rüschen am Saum und ihre blonden Haare waren zu zwei Zöpfen geflochten, was der Frisur gleicht, die ich in diesem Traum habe. Das kann doch kein Zufall sein, oder? Und wenn doch, wäre es ein ziemlich verrückter. Vielleicht bin ich aber auch einfach mehr als nur ein bisschen irre«, stellte sie kopfschüttelnd fest und vergrub das Gesicht in ihren Händen.

»Mami, wer ist das?« Elara zuckte leicht zusammen und auch er wirkte sichtlich überrascht. Charlotte stand im Türrahmen, ihren Teddy fest im Griff.

»Was machst du denn hier, Süße? Entschuldige bitte, wenn wir dich geweckt haben. Das ist mein Chef, Doktor Pietrovic. Wir haben uns nur unterhalten. Komm, ich bringe dich wieder ins Bett.« Sie nahm ihre Tochter an die Hand und führte sie ins Kinderzimmer zurück.

»Gute Nacht, Doktor Piet.«

Der Arzt lachte und winkte ihr zu.

»Gute Nacht, kleine Charlotte.«

Als Elara aus dem Kinderzimmer kam, stand ihr Chef im Flur, zum Gehen bereit.

»Eine süße Tochter haben Sie, Frau Wells. Ich werde mich jetzt auf den Weg machen, wenn das in Ordnung für Sie ist?«

Elara nickte.

»Wir sehen uns morgen in der Praxis, sofern Sie sich in der Lage fühlen, zu arbeiten. Gern gebe ich Ihnen auch einen Tag Urlaub.«

Er griff nach ihrem Arm und sah sie verständnisvoll an. Sie bedankte sich, versicherte ihm aber, dass sie am nächsten Morgen in der Praxis sein würde.

Nachdem Pietrovic gegangen war, eilte Elara ins Badezimmer. Sie musste schleunigst duschen. Zitternd griff sie nach der Wurzelbürste und stieg in die Wanne. Sie schrubbte sich sauber, bis ihr das Blut an den Beinen herablief. Dass die Träume einen solch starken Ekel bei ihr hervorrufen konnten, verwirrte sie, denn eigentlich waren es doch nur Träume, oder?

# 19

## Norbert

Bewegungslos lag er auf dem blutbefleckten Bett unter einem Berg aus Puppen. Noch hatte er keine Lust gehabt, die Matratze zu säubern. Solange es nicht stank, würde er auch nichts daran ändern wollen. Unbedingt wollte er einen echten Teil von Julia bei sich haben und das Blut unter ihm war das Einzige, was ihm nach ihrem plötzlichen Aufbrechen übrig geblieben war.

Natürlich genoss er es, unter seinen Puppen zu liegen, doch zugleich vermisste er etwas. Das Gefühl, neben einem echten Mädchen zu liegen, war so viel aufregender, dass ihn die Sehnsucht danach völlig einzunehmen drohte. Trotz der Leere, die seine Seele auffraß, versuchte er immer wieder, sich seine Puppen ins Gedächtnis zu rufen. Er liebte seine *Dolls*, wie sie in der Szene hießen. Eine ganz besonders. Aber nichts ging über das Erlebnis, einen kleinen warmen Körper im Arm zu halten. Daran zu riechen. Ihn zu schmecken.

Er starrte, wie bereits die ganze Nacht, an die Decke. Immerzu musste er an den gestrigen Tag denken. Er wollte mehr. Die Vorstellung, ein echtes Mädchen bei sich zu haben, ließ seine Lust ansteigen und sein Glied erhärtete sich. Erregt schloss er seine Augen und tastete nach seinen Puppen, streichelte sie kurz und erhob sich dann. Mit geweiteten Pupillen blickte er auf die Puppenkörper, bis sein Blick an einer haften blieb. Lissy. Er wollte sie. Alle anderen räumte er vom Bett. Verliebt schloss er das zarte Püppchen, auf das seine Wahl gefallen war, in seine Arme und zog ihr das Kleid hoch. Zärtlich küsste er ihren perfekt geformten Schambereich und stöhnte lustvoll.

Plötzlich übermannte ihn der Wirrwarr seiner Gefühle und es blitzte vor seinem inneren Auge. Er konnte die Kälte seines Lieblings nicht mehr ertragen. Das und die Ereignisse des gestrigen Tages, brachten ihn in Rage. *Genug Zärtlichkeit!* Mit einem Ruck drehte er die Kinder-Puppe auf den Bauch, griff ihr fest an den Schopf und zog den Kopf nach hinten. Mit einem kräftigen Stoß drang er in den Hintern der Kleinen ein und hämmerte seinen Schwanz gnadenlos in das Loch. Immer und immer wieder klatschten seine verschwitzten Altherreneier gegen den zarten Körper. Er drehte Lissy um und sah ihr in die starren blauen Augen. Sie war wunderschön, aber nicht echt. Aus seiner anfänglichen Geilheit wurde Wut. Wie eine Hornisse auf ihr Opfer einstach, rammte auch er unaufhaltsam seinen Stachel in sie hinein. Schweiß vermengte sich mit Tränen der Wut und ein Schleier legte sich vor seine Augen. Als er endlich schreiend abspritzte und der Druck nachgelassen hatte, realisierte er, was er seiner Lissy angetan hatte. Erschrocken über seine Tat und sich selbst, strauchelte er nach hinten und viel vom Bett. *Verdammte Scheiße!* Lissys Brustkorb war eingedrückt und der Kopf hing ungewöhnlich schräg. Norbert konnte seine Fingerabdrücke an dem kleinen Hals erkennen und geriet in Panik. Er musste seine Puppe wiederherrichten.

*Was habe ich nur getan?*

Sofort begann er, die kleine Puppe auszubeulen und hielt erschrocken inne, als er eine Stimme vernahm.

»Hallo?«

Da er viel zu sehr damit beschäftigt war, seine geliebte Lissy herzurichten, hatte er das Gesagte weder verstanden, noch konnte er lokalisieren, woher die Stimme kam. Schweißperlen bildeten sich auf seiner Stirn. Unruhig sah er sich im Raum um und zuckte erschrocken zusammen, als die Stimme wieder zu hören war. Behutsam legte er Lissy auf das Bett zurück und näherte sich dem Puppen-Haufen am Fußende. Angestrengt und die Stirn in Falten gelegt, bemühte er sich, erneut etwas zu hören.

»Hihihi. Hallo, Onkel Norbi«, ertönte die Stimme der kleinen Julia und Norbert machte einen großen Satz zurück.

»Dafür kommst du in die Hölle, Onkel Norbi.«

Norbert traute seinen Ohren nicht. *Was geht hier vor? Das kann doch nicht sein!* Ungläubig starrte er auf die kleine Puppe und konnte sich nicht regen. Das musste er träumen. Es gab keine andere Erklärung dafür. Sie konnte nicht mehr sagen, als er dem Mädchen aufgetragen hatte. Es gab nichts anderes auf der SD-Karte. Das wusste er.

»Hihihi. Hallo, Onkel Norbi.«

Sie musste damit aufhören. Auf der Stelle! Blitzschnell machte er einen Satz nach vorn, griff ihren Arm und zog sie aus dem Haufen heraus.

»Das war ganz böse, was du mit mir gemacht hast.«

»Halt den Mund!« Zitternd drehte er sie um und war gerade im Begriff, ihr den Rücken aufzureißen, als sein Smartphone vibrierte.

*Verdammt noch mal. Ausgerechnet jetzt,* dachte er, als er mit einem unfreundlich klingenden »Ja, bitte?« an den Apparat ging.

»Sind wir heute schlecht gelaunt?«

»Was willst du?«

»Dich verdammt noch mal umbringen! Habe ich nicht gesagt, du sollst deine Füße stillhalten? Was sollte die Aktion?«

»Was geht dich das an?«

»Was mich das angeht? Ich bin derjenige, der deine Scheiße aufgeräumt hat, vergiss das nicht! Pass auf, mit wem du dich anlegst! Hast du unser Treffen noch auf dem Schirm?«

»Ja, sicher. Dieses Wochenende. Ich werde da sein.«

»Das will ich hoffen. Wir haben einiges zu bereden. Bis dann.«

Er legte auf und schmiss das Smartphone in die Ecke. *Verdammte Scheiße noch mal.* Verunsichert sah er zur Julia-Puppe hinüber, die ruhig auf dem Bett lag und keinen Mucks mehr von sich gab. Fürs Erste entschied er, das Modul nicht herauszureißen. Stattdessen legte er sie auf die Seite, wo er sie stets im Blick hatte. Ihm war bewusst, dass das Geschehene nur seiner Einbildung entsprungen sein konnte, doch war er nicht im Begriff, verrückt zu werden, oder?

Kurz darauf fiel sein Blick wieder auf Lissy und sein Herz wurde schwer. Er musste sie wiederherrichten. Sie hatte es nicht verdient, so behandelt zu werden. Während er die Puppe reparierte und zurechtmachte, dachte er unentwegt an das Telefonat. Zuerst tauchte sein Freund ohne Vorwarnung bei ihm auf, dann nahm er das Kind mit und jetzt sollte er ihm auch noch dafür danken und sich gleichzeitig schämen? Diese ganze Sache breitete sich eh schon wie ein Geschwür in seinen Eingeweiden aus, da konnte er sein Gelaber nicht auch noch ertragen.

Genervt legte er Lissy beiseite, verließ den Keller, stampfte in sein Badezimmer und warf einen Blick in den Spiegel. Er wusste selbst, dass er Scheiße gebaut hatte, das brauchte man ihm nicht noch demonstrativ unter die Nase zu reiben. Natürlich hatte er mit dieser Aktion viel aufs Spiel gesetzt, aber was hätte er tun sollen? Sein Verlangen war größer gewesen, als die Vernunft, sein Verstand setzte buchstäblich aus und er wurde zur Marionette seiner Triebe. All die Jahre hatte er unzählige Euros in den Erwerb dieser Kinder-Sexpuppen gesteckt und wofür? Damit er sich doch hinreißen ließ, echtes Fleisch zu kosten.

Er öffnete den Wasserhahn und warf sich mehrere Ladungen kaltes Wasser ins Gesicht. Er hasste seinen momentanen Anblick. Der ergraute Dreitagebart wuchs bereits in alle Richtungen und überwucherte seine Oberlippe. Sein Gesicht wirkte eingefallen und die verschmutzten Poren waren inzwischen zu kraterähnlichen Gebilden mutiert. Die Augen wirkten trüb und müde. Aber für wen sollte er sich ansehnlich machen? Für die faulende Alte im obersten Stockwerk, für die Puppen oder für die kleinen Mädchen, deren Aufenthalte bei ihm nur von kurzer Dauer waren? Er prustete wütend und gab sich mehrere Ohrfeigen, die seine eingefallenen Wangen erröten ließen.

*Erst mal klarkommen, dann mal sehen, ob ich mich für das Wochenende schick mache*, entschied er schließlich. Einigermaßen wachgeklatscht verließ er das Badezimmer, brühte sich eine Kanne starken Kaffee auf und schaltete den Fernseher ein. Die Nachrichten waren für ihn momentan spannender als ein Krimi am Sonntagabend für andere, denn er spielte eine große Rolle darin. Trotz seiner angenommenen Überlegenheit begleitete ihn dennoch die Furcht, erwischt zu werden. Wobei sein Compagnon weitaus mehr zu befürchten hatte, fand er.

# 20

## Elara

Am nächsten Morgen brachte Elara ihre Tochter mit einem unguten Gefühl in die Schule. Erst als sie mehrere Polizisten in der Nähe des Unterrichtsgeländes erblickte, entspannte sie sich etwas.

Charlotte stieg aus, verabschiedete sich und lief in das Schulgebäude. Elara nutzte den Moment und sprach einen Polizisten an, der in dem Moment an ihrem Auto vorbeilief. »Entschuldigen Sie, bitte. Wird die Schule heute den ganzen Tag bewacht?« Der Polizist verdrehte die Augen, nickte und ging weiter. *Unfreundliches Arschloch*, dachte sie, als sie das Fenster hochkurbelte und zur Arbeit fuhr.

Während der Fahrt musste sie an das Gespräch mit Ivan Pietrovic denken und hatte das Bedürfnis, ein weiteres Mal mit ihm zu sprechen. Jedoch war sie sich nicht sicher, ob es eine gute Idee war, ihm so viel von sich preiszugeben. Andererseits empfand sie es mittlerweile als unumgänglich, darüber zu sprechen. Über Geschehnisse, die sie all die Jahre zu verdrängen versucht hatte, die ihr aber immer wieder das Genick brachen. Letzten Endes brachten sie ihr eine Scheidung ein. *»Du frigide Natter«*, bohrten sich die Worte ihres Exmannes Robert durch ihren Kopf. *»Nicht mal ficken lässt du mich dich. Komm her, ich prügele dich gefügig«*. Ihre Augen füllten sich mit Tränen, als seine Stimme in ihr Gedächtnis drang. Wie oft sie seine Schläge aushalten musste. Seine Fäuste in ihrem Gesicht, bis ihre Haut an den Wangenknochen aufsprang und ihr das Blut das Gesicht herunterrann.

Wie oft sie ihrer Tochter erzählt hatte, sie sei ausgerutscht, hingefallen oder hätte das offen stehende Küchenfenster übersehen. Glücklicherweise war ihr Kind klein und gutgläubig gewesen und hatte nichts von der Tortur mitbekommen, die ihre Mutter erleiden musste. Charlotte liebte ihren Vater und er liebte sie. Das musste sie akzeptieren, auch wenn sie ihre Tochter am liebsten von ihm ferngehalten hätte.

Wie oft Elara fast bewusstlos auf ihrem Bett gelegen hatte, die Beine gespreizt und die Arme am Kopfende festgebunden. Blutspuckend. Röchelnd. Darauf wartend, dass ihr Ehemann aus dem Bad kam und gewaltsam in sie eindrang, bis er abspritzte. *»Wir sind verheiratet. Es ist deine gottverdammte Ehepflicht, mich zu beglücken«*, hatte er ihr ins Ohr geflüstert, als er grunzend und total verschwitzt von ihr abließ und sie losband.

Krampfhaft versuchte sie, sich auf die Straße und den Verkehr zu konzentrieren. Ihre Augen brannten und die morgendliche Sonne schien ihr direkt ins Gesicht. So übersah sie auch den näherkommenden Zebrastreifen, auf dem ein Pärchen im Seniorenalter im Schneckentempo die Straße überquerte. Erst, als ein ihr entgegenkommendes Auto auf die Hupe drückte, reagierte sie und trat auf die Bremse. Das alte Pärchen blieb abrupt stehen und blickte erschrocken auf das näherkommende Auto. Der alte Mann hielt die Hand seiner Frau fest und stellte sich vor sie, als der Wagen wenige Zentimeter vor ihnen quietschend zum Stehen kam. Sofort löste Elara ihren Gurt und stieg aus.

»Um Gottes willen, das tut mir schrecklich leid. Geht es Ihnen gut?«, rief sie den alten Leutchen entgegen.

Der Mann erkundigte sich nach der Verfassung seiner Frau und sah anschließend zu ihr rüber.

»Alles gut, junge Frau. Ich brauch jetzt nur 'ne neue Windel«, scherzte er und zwinkerte ihr zu. »Fahren Sie vorsichtiger und wischen Sie sich die Tränen aus dem Gesicht.« Dann liefen er und seine Frau unbeirrt weiter.

Elara traute ihren Ohren und Augen nicht. *Was für eine zähe alte Socke.* Ein kleines Lächeln streifte ihr Gesicht, bevor sie sich mit dem Handrücken den Rotz von ihrer Oberlippe wischte und zurück in den Wagen stieg.

***

Der Psychologe erwartete seine Mitarbeiterin bereits und lächelte ihr freundlich zu, als sie die Praxis betrat.

»Guten Morgen, Elara. Konnten Sie noch einigermaßen gut schlafen?«

»Guten Morgen, Doktor. Nein, ich bin wach geblieben. Danke, dass Sie sich die Zeit genommen haben und vorbeigekommen sind.« Er nickte.

»Gern. Wenn Sie wieder Redebedarf haben, scheuen Sie sich nicht, mich anzusprechen.«

»Also, wenn ich ehrlich bin, würde ich sehr gern noch mal mit Ihnen reden. Das Gespräch letzte Nacht hat mir gutgetan und ich glaube, es gibt noch ein paar Dinge, die ich loswerden sollte.«

»Sicher, wann immer es Ihnen passt.« Verlegen kratzte sie sich am Hinterkopf und warf einen Blick auf den Terminkalender. »Jetzt?« Ihr wurde im Wechsel heiß und kalt. Es war nicht leicht, sich seinen Dämonen zu stellen, aber manchmal führte kein Weg daran vorbei. Das musste auch sie inzwischen feststellen und vielleicht kam sie auf diese Weise dahinter, inwieweit das Kleid im Zusammenhang mit ihr und den Kindern stand.

»Einverstanden. Kommen Sie mit in mein Büro.«

Wie in Trance folgte sie ihm und verschloss die Tür. Oft sah sie Patienten auf dem bequem aussehenden

Ohrensessel Platz nehmen, jedoch hätte sie nie gedacht, selbst einmal dort zu sitzen.

Er deutete auf den Sessel, auf dem sie Platz nehmen sollte. Vor ihm standen ein kleiner runder Tisch und ein Stoffsofa, auf das er sich setzte. Der Raum war stilvoll eingerichtet und ähnelte einem Altherrenzimmer, indem teurer Whiskey getrunken und edle Zigarren geraucht wurden. Man müsste nur das Stoffsofa und den Sessel gegen dunkelbraune Chesterfield-Möbel eintauschen und schon wäre er perfekt gewesen.

Interessiert sah sie sich um. Obwohl sie schon einige Male hier in dem Büro gewesen war, um ihrem Chef einen Kaffee auf den Schreibtisch zu stellen, hatte der Raum von ihrem neuen Platz aus plötzlich eine ganz andere Wirkung auf sie. Auf der einen Seite beruhigend und gradlinig, auf der anderen Seite wirkte er jedoch auch düster und einschüchternd. Ihr Blick fiel auf die schwarzbraune Schrankwand mit den beleuchteten Vitrinen, in der sich jede Menge Bücher aneinanderreihten und sich das ein oder andere Requisit aus Studienzeiten befand. Darunter ein menschliches Gehirn in einem verschlossenen Glas, von dem sie ausging – und hoffte –, dass es aus Plastik war und ein menschlicher Schädel, dessen Echtheit sie nicht zu prüfen wagte.

»Der Schädel ist nicht echt«, unterbrach er ihre Gedanken und zeigte mit dem Stift darauf. Sie zuckte leicht zusammen, sah zu ihm hinüber und lehnte sich zurück. Es war so weit. Sie hatte es nicht anders gewollt. Jetzt saß sie bei einem Psychologen und war im Begriff, ihm ihre düsteren Erlebnisse mitzuteilen. Sie erhoffte sich ein Auslöschen der Gedanken und Gefühle, der Träume und Ängste. Dachte, wenn sie alles loswerden würde, wäre sie ein neuer Mensch und könnte noch einmal neu anfangen. An dem Gedanken hielt sie fest und erzählte ihm von ihrer schwierigen Ehe mit Robert Wells, ohne auszulassen, dass der Grund für ihre Eheprobleme sie selbst gewesen war und warum. Es gab eine Zeit, da sie ihren Mann geliebt hatte, es mochte, ihm nahe zu sein und in der sie sich bei ihm geborgen fühlte. Doch sobald er anfing, sie lustvoll zu berühren, mutierte ihr Körper regelrecht zu Stein. Nie konnte sie sich fallen lassen. Entspannen. Immer, wenn er versuchte, sie oral zu befriedigen, zog sie seinen Kopf nach oben und wenn er ihre Scham mit den Fingern massieren wollte, hielt sie seine Hand fest und zog sie davon weg. Ein genervtes Schnaufen war anfangs seine einzige Antwort darauf gewesen, jedoch sollte es nicht lange dabei bleiben. Wollte er eine andere als die Null-Acht-Fünfzehn-Stellung ausprobieren und sie wie ein Tier von hinten nehmen, machte sie sofort zu und beendete die Bettspiele. Die ersten Male sah er sie nur an, verärgert und verwundert zugleich, aber je öfter das passierte, desto gröber wurde er und versuchte letztendlich, sie zu ihrem *Glück* zu zwingen. Irgendwann haute er zu. Von da an hatte er die Schwelle der Respektlosigkeit überschritten und hörte nicht mehr auf ihre Proteste. Sie hatte sich zu fügen, denn schließlich war sie seine Frau. Es dauerte auch nicht lange, da begann sie, es selbst zu glauben. Jeden Abend, wenn sie Charlotte ins Bett gebracht hatte, wusste sie, dass es nicht mehr lange dauern würde, ehe er sie an den Haaren ins Schlafzimmer zerrte.

Je mehr sie von ihrer Ehe mit Robert Wells erzählte, desto leichter fühlte sie sich. Es war, als würde ein riesiger Stein von ihrer Seele fallen, der schon viel zu lange auf ihr lastete.

»Was glauben Sie, war der Auslöser für Ihr Unwohlsein beim Geschlechtsverkehr?« Elara schluckte schwer, sah zu ihm auf und ihre Augen füllten sich mit Tränen. Es wirkte selbst für sie, wie ein Klischee, aber es entsprach traurigerweise der Tatsache, dass ihr Stiefvater nicht die Finger von ihr lassen konnte, als sie noch klein war.

# 21

## Elara

Nach einem flüchtigen Blick auf die große Wanduhr entschied sie, es fürs Erste gut sein zu lassen. Sie brauchte eine Pause. Ihre Gefühle machten eine Achterbahnfahrt mit, die sie erst mal unter Kontrolle bekommen musste. Wie das gehen sollte, war ihr noch ein Rätsel, aber zur Not würde es auch eine Flasche Wein tun. Immerhin eine bessere Wahl, als im Badezimmermülleimer zwischen weggeworfenen Binden nach der Pillendose zu kramen.

Ivan Pietrovic notierte sich ihren letzten Satz und sagte »Beim nächsten Mal würde ich gern auf Ihre letzte Aussage zurückkommen. Natürlich nur, wenn Sie ein nächstes Gespräch führen möchten.«

Sie nickte verunsichert. Es widerte sie jetzt schon an, darüber zu sprechen. Kalt lief es ihr den Rücken herunter, aber sie bejahte und verließ das Büro.

Den restlichen Arbeitstag versuchte sie, so gut es ging und ohne zu grübeln, vorübergehen zu lassen und hoffte, die Praxis zeitig verlassen zu können. Sie wollte Charlotte unbedingt von der Schule abholen.

***

Pünktlich stand sie an der Schule und starrte auf das Gebäude, als die Klingel ertönte. Der Unterricht war zu Ende und alle Kinder strömten fast gleichzeitig aus dem Gebäude. Neben Elara reihten sich etliche Eltern ein. Niemand wollte sein Kind mehr allein nach Hause gehen lassen. Nicht verwunderlich, nach den gestrigen Ereignissen.

Ihr Herz hellte auf und ein Anflug von Glückseligkeit flog durch ihre gerissene Seele, als sie Charlotte erblickte, die soeben mit mehreren Mädchen aus dem Gebäude gelaufen kam. Sie winkte ihrer Tochter zu, die sich von ihren Freundinnen verabschiedete.

»Hallo, Mami. Schön, dass du es geschafft hast, mich abzuholen.« Elara spürte den leichten Hauch eines Seitenhiebes, den sie dachte, von ihrer Tochter bekommen zu haben, verwarf den Gedanken aber sofort wieder. Charlotte war ein Kind und Kinder konnten noch gar nicht solche unterschwelligen Bemerkungen machen, oder doch?

Sie setzten sich ins Auto und fuhren nach Hause. Heute wollte sie sich einen schönen Nachmittag mit ihrer Tochter machen. Der Plan war, mit ihr zu kochen, zu spielen und abends einen Kinderfilm anzuschauen. Es war Freitag und die beiden konnten am nächsten Morgen ausschlafen. Perfekt, doch alle Pläne schienen passé, als sie während der Fahrt einen Anruf von Robert erhielt.

»Hallo, Robert. Wir sitzen im Auto. Habe dich auf laut.« Es schien die beste Idee zu sein, ihm direkt zu sagen, dass seine Tochter mithörte. Dann verkniff er sich jegliche Beleidigungen ihr gegenüber.

»Hallo. Ich rufe an, weil ich Charlotte dieses Wochenende gern zu mir holen würde. Ich weiß, es ist kurzfristig, aber ich würde mit ihr gern einen Ausflug machen.« Charlotte bejahte das Vorhaben ihres Vaters lautstark. Wie hätte sie jetzt noch etwas dagegen sagen können? Gegen einen Ausflug mit Papa konnte sie nicht konkurrieren, das war klar. Ihr Magen verkrampfte sich, aber sie willigte ein.

»Ich bin in einer Stunde bei euch«, sagte er hastig und legte auf. Sie sah in den Rückspiegel. Das Lächeln ihrer Tochter zog sich über das ganze Gesicht. Es war die richtige Entscheidung gewesen, zuzustimmen. Doch nun würde sie sich etwas anderes einfallen lassen müssen, was sie selbst während des Wochenendes tun konnte. Sich betrinken war eine Option, wobei sie es eher armselig fand, allein dem Alkohol zu frönen. Das war etwas für Leute, die nichts Sinnvolles mit ihrer Zeit anzufangen wussten. Für Leute mit schwerwiegenden Problemen, beispielsweise einer Alkoholsucht oder einem Leben ohne Freunde. Irgendwo dazwischen glaubte sie, sich einreihen zu können und beschloss, später noch mal einkaufen zu gehen.

***

Kaum hatte Robert seine Tochter abgeholt, ging Elara die Straße entlang zum nächstgelegenen Supermarkt. Eine Flasche Wein oder zwei oder – Ach, was sollte der Geiz? – drei Flaschen waren schon drin. Es waren auch schließlich mindestens zwei Abende, an denen sie allein sein würde. Sie wollte trinken, nackt durch die Wohnung laufen, tanzen und sich einen Orgasmus nach dem anderen gönnen, um auf andere Gedanken zu kommen. Je länger sie darüber nachdachte, desto mehr gefiel ihr der Gedanke, spontan ein Wochenende allein zu sein.

*Das*, dachte sie, *könnte tatsächlich die pure Ablenkung werden. Genau das, was ich gebrauchen kann.*

Bepackt mit alkoholhaltigen Flaschen, die in der Einkaufstasche gegeneinander klirrten, war sie auf dem Heimweg, als ihr Smartphone klingelte. Sie ging ran und glaubte, das Herz würde aus ihrer Brust springen, als sie Arnos Stimme vernahm.

»Hast du heute Abend schon was vor? Ich würde dich gern auf einen Drink einladen«, kam er direkt auf den Punkt. »Ich muss unbedingt mal was anderes sehen, als meine Kollegen und den Kopf frei bekommen.«

»Wenn du möchtest, kannst du auch gern zu mir kommen und ich koche uns etwas«, schlug sie stattdessen vor.

Das ließ er sich nicht zweimal sagen und willigte sofort ein.

»Was ich noch kurz erwähnen wollte, bevor ich es vergesse. Wir waren im St. Annas Pflegeheim und dort konnten uns dein Schwiegervater und das Pflegepersonal bestätigen, dass der gute Mann die Einrichtung keinen Augenblick verlassen hatte. Als Verdächtigen können wir ihn also mit Sicherheit ausschließen«, sagte er noch, als sie das Gespräch gerade beenden wollte. Sie dankte ihm für die Information, verabschiedete sich und legte auf. Ihr war zwar von vornherein klar gewesen, dass ihr Schwiegervater mit der Sache nichts zu tun haben konnte, aber Gewissheit zu haben, war beruhigend.

Sie freute sich riesig, Arno als Gast bei sich zu Hause zu empfangen. Plötzlich war sie so aufgeregt wie ein Teenie beim ersten Date. Vermutlich hatte er bemerkt, dass sie etwas für ihn übrighatte oder, und das war vermutlich die traurige und wahrscheinlichere Variante, Robert hatte keine Zeit für ihn. Letztlich war es ihr egal. Sie würden das Beste aus dem Abend machen.

Schnellen Schrittes lief sie nach Hause, um sich etwas zurechtzumachen und das Essen zu kochen.

Zügig legte sie wenig später etwas Make-up auf und öffnete ihr Haar, das in Wellen auf ihren Schultern lag.

Aufgeregt zog sie sich eine enganliegende Jeans und eine verführerisch wirkende Bluse an.

Während das Essen vor sich hin köchelte, läutete es an der Tür. Arno war bereits einige Minuten eher als vereinbart gekommen und hatte eine Flasche Wein dabei. *Lieber eine Flasche zu viel als zu wenig*, dachte sie lächelnd, und bat ihn herein. Das Herz schlug ihr bis zum Hals. *Zusammenreißen*, ermahnte sie sich selbst. *Du bist keine fünfzehn mehr und außerdem, was soll schon schiefgehen?*

# 22

## Norbert

Einige Kilometer fuhr er an Feldern entlang und durchquerte einen Wald. Er war der Einzige auf der Straße. Glücklicherweise, denn sein Ziel war nicht für jedermann gedacht. Es fand bereits zum vierten Mal statt und hatte viel Anklang in der Szene gefunden. Grundsätzlich war die Veranstaltung gut besucht. Man verstand sich, tauschte sich aus und teilte miteinander. Kein *normaler* Mensch hätte es verstanden. Als krank, pervers und in keiner Weise gesellschaftsfähig wurde man bezeichnet, aber die anderen Betroffenen und er selbst sahen sich nicht als Monster. Sie betrachteten sich eher als anders Gepolte, ungefähr so, wie einige Menschen Homosexuelle sahen. Jene Leute vom anderen Ufer, die aus dem Blickwinkel eines heterosexuellen Durchschnittsmenschen nicht der Norm entsprachen. Manche der pädophil Veranlagten versuchten, die Triebe im Alltag mit Puppen zu kompensieren, aber an diesem einen Tag im Jahr war das nicht nötig. Erst letztes Jahr hatte ein Teilnehmer seinen Stiefsohn bereitwillig mit einigen geteilt, während der Rest zusah und einen unsagbaren Taschentuchverbrauch vorwies. Norbert war schon gespannt darauf, was das diesjährige Treffen für Überraschungen bereithielt.

Er fuhr einen schmalen Schotterweg entlang, bis er eine Lichtung erreichte, auf der sich ein Zeltlager vor ihm erstreckte. Es waren schon einige der Teilnehmer anwesend und sie unterhielten sich aufgeregt. Die meisten sahen sich nur das eine Mal im Jahr. Umso fröhlicher war die gesamte Stimmung.

Er parkte seinen alten dunkelroten Volvo abseits der Zelte und lief auf die Gruppe Gleichgesinnter zu. Sie grüßten und herzten sich, halfen sich gegenseitig beim Aufbau der Zelte und zündeten das Lagerfeuer an. Es war richtig familiär. Genau das, was er jetzt brauchte. Ablenkung von den Geschehnissen der letzten Tage.

Auf der Suche nach einem Platz vor dem Lagerfeuer entdeckte er seinen Freund. Mit ihm hatte Norbert schon das eine oder andere Mal telefoniert und letzten Endes einen Anschiss kassiert, als sein Kumpel seine kleinen Schwächeanfälle namens Julia und Sophie beseitigen musste. Mit gesenktem Kopf und einer Dose Bier in der Hand ging er auf ihn zu und grüßte ihn. Sein Freund, der zugleich der Veranstalter des ganzen Spektakels war, drehte sich zu ihm um und warf ihm einen ernsten Blick zu, der sich aber schnell verflüchtigte.

»Hallo, Norbert. Schön, dass du gekommen bist. Sobald alle vollzählig sind, versammeln wir uns um das Lagerfeuer und starten eine Erzählrunde. Ich glaube, das könnte dem einen oder anderen hier guttun. Auch dir!« Er sah sich um und nickte den anderen zur Begrüßung zu. Norbert, dem nicht entgangen war, dass sein Freund einen Besucher dabeihatte, räusperte sich jetzt und nickte mit seinem frisch rasierten Kinn in Richtung des Kindes, das sich schräg hinter ihm versteckt hatte.

»Alles gut. Sie wird uns nicht im Weg sein.«

Norbert nickte, musterte das kleine Mädchen noch einmal und ging zurück zum Lagerfeuer. Er hatte sich so sehr erhofft, dieses Wochenende von dem Gedanken loszukommen, ein lebendiges Mädchen in seine Arme zu schließen, dass es ihm gar nicht schmeckte, dass der

Veranstalter eines dabeihatte. Norbert hatte keine andere Wahl, als eine Dose Bier nach der anderen zu saufen, um auf andere Gedanken zu kommen. *Möge der Rausch mit mir sein*, dachte er, als er die dritte Dose öffnete und dabei die verstohlenen Blicke der anderen ignorierte.

Es dauerte nicht mehr lange, da war die Truppe komplett und vor dem Lagerfeuer versammelt. Das kleine Mädchen gesellte sich nicht dazu. Sie saß stattdessen im Zelt und spielte mit einem Tablet. Es war das Beste, als Frischfleisch nicht unter lauter hungrigen Wölfen zu sitzen.

Der Veranstalter stand auf und begrüßte die Anwesenden herzlich: »Schön, dass ihr meiner Einladung gefolgt und so zahlreich erschienen seid. Dieses Treffen findet bisher nur einmal im Jahr statt, aber in Anbetracht seiner Beliebtheit beabsichtige ich, es künftig einmal in jedem Quartal stattfinden zu lassen.«

Die Menge klatschte begeistert und er wartete ab, bis sich die Leute einigermaßen beruhigt hatten, bevor er fortfuhr. »Ich bin der Meinung, dass es uns allen guttun würde, öfter mit Gleichgesinnten zusammenzukommen. Im Alltag ist es, wie ihr alle wisst, alles andere als leicht, Kontakte aufrechtzuerhalten und auch das Darknet empfinde ich nicht mehr als so sicher wie früher.« Er sah in die Runde. »Ich wünsche euch allen einen schönen Aufenthalt und viel Spaß. Hier, bei unserem P-Treffen.« Wieder klatschten alle euphorisch in die Hände, außer Norbert.

*P-Treffen? Warum spricht er es nicht einfach aus? Niemand unter den Anwesenden würde den Namen verurteilen. Drauf geschissen*, dachte er. *Es ist der alljährliche Pädophilen-Treff.*

Nachdem sich der Jubel wieder etwas gelegt hatte, begann die Erzählrunde. Norbert hasste es, kam es ihm doch so vor, als wäre er bei den Anonymen Alkoholikern, mit dem einen Unterschied, dass man sich kannte und man sitzen bleiben durfte, wenn man an der Reihe war.

»Claudia, meine Liebe. Wie ist es dir ergangen? Gibt es etwas Neues?«, suchte der Gastgeber sich das erste *Opfer* aus. Dass es nicht ihn getroffen hatte, wunderte Norbert. Er hätte seine Hand dafür ins Feuer legen können, dass sein Freund die Ereignisse der letzten Tage zuerst ansprechen wollte. Womöglich aber würde er sich dieses Schmankerl bis ganz zum Schluss aufheben.

Die Frau, die sich *Claudia* nannte, räusperte sich und lächelte in die Runde. »Hey, schön euch wiederzusehen. Ich freue mich jedes Jahr aufs Neue, hier zu sein und offen über das Verhältnis zwischen mir und meiner inzwischen sechsjährigen Tochter sprechen zu können. Mein Tagebuch platzt schon fast aus allen Nähten.« Anerkennendes Gekicher. Außer von Norbert, der gerade seine vierte Dose Bier an die Lippen hob.

»Anfangs war es wirklich leicht, ihr zu erzählen, dass es ganz normal ist, die Mama so intensiv zu streicheln und dass Kuscheln weitaus mehr ist, als sich in den Arm zu nehmen, aber mittlerweile wird sie skeptisch und lässt mich nur noch schwer an sich ran. Gerade, wenn sie badet oder sich umziehen möchte, darf ich nicht mehr dabei sein. Und Kuscheln?« Sie machte eine wegwerfende Handbewegung. »Ist auch kaum noch möglich. Aber …«

Norbert machte ein glückliches und verschmitztes Lächeln in ihrem Gesicht aus.

»… ich konnte meinen Mann davon überzeugen, ein weiteres Kind zu bekommen und was soll ich euch sagen?

Es werden Zwillinge! Beides Mädchen. Ich kann euch gar nicht sagen, wie glücklich ich bin.«

Die ganze Gesellschaft klatschte und jubelte und auch Norbert ließ sich zu einem Nicken verleiten. *Claudia hat es gut. Sie hat ständig Kinder um sich herum. Mir war es nie vergönnt, Vater zu werden*, dachte er und öffnete die fünfte Dose.

»Meinen Glückwunsch, Claudia. Da werden spannende Zeiten auf dich zukommen. Genieße sie mit Freuden«, bedankte man sich bei ihr und wählte gleich die Nächste in der Runde aus. Sabine Breuer. Fünfundvierzig Jahre alt, Tagesmutter.

»Hallihallo! Erst letzte Woche durfte ich für das neue Jahr wieder ein paar Schätze auswählen, um die ich mich, bis auf Weiteres, kümmern darf. Die Eltern rennen einem förmlich das Haus ein, präsentieren ihre Kinder und hoffen auf die mögliche Aufnahme in meine Obhut. Schon blöd, wenn beide Vollzeit arbeiten müssen, also für die!«, lachte sie auf und leckte sich über die Lippen. Doch erst, als sie sich in den Schritt griff, während sie davon erzählte, dass gleich drei süße anderthalbjährige Jungen zu ihr kommen würden, zog er eine Augenbraue hoch. *Jungen, bäh! Wenn ich an einem Pimmel spielen will, nehme ich meinen.*

Nachdem er die fünfte Dose Bier gekippt hatte und bereit war, den anderen Rede und Antwort zu stehen, sah er verwundert zu dem Pärchen hinüber, das ihm gegenüber Platz genommen hatte und sich jetzt zu Wort meldete.

»Entschuldigt bitte, aber bevor Norbert zu Wort kommt, würden wir gern etwas sagen«, sagte der Mann.

»Bitte.« Der Veranstalter sah leicht irritiert aus, und schien die beiden nicht zuordnen zu können. Das machte auch Norbert nervös. Verdeckte Ermittler, die ein ganzes Arsenal von Pädophilen hochnahmen, ihn eingeschlossen, wäre wirklich der Super-GAU. Vorbei wäre es mit den Treffen, mit seinen Puppen, mit seiner Leidenschaft. Es wäre vorbei mit einfach allem.

Norbert schluckte nervös und tauschte fragende Blicke mit seinem Freund aus.

»Mein Name ist Marco Zufalter und das ist meine Frau Bettina. Verzeiht, dass wir uns nicht schon eher vorgestellt haben, aber wir wollten noch abwarten, ob wir hier wirklich richtig sind. Tarek Malek hat uns hierher eingeladen.« Er zeigte auf den Mann neben ihm, der Norbert durchaus bekannt vorkam.

»Wir sind Eltern zweier Kinder. Unsere Tochter Tina ist neun Jahre alt und unser Sohn Ben ist sechs. Wir selbst sind keine Pädophilen, aber wir haben uns vor einiger Zeit dazu entschlossen, unsere Kinder anzubieten, gegen Bezahlung. Gern würden wir unsere Karte hierlassen, damit ihr uns bei Bedarf kontaktieren könnt.«

Zuerst schwiegen alle und warteten auf die erste Reaktion des Veranstalters, doch als dieser das Angebot der Eheleute Zufalter abnickte, hoben einige ihre Hände und nahmen lächelnd die Karte entgegen. Norbert überlegte kurz, ob er sich ebenso eine Karte geben lassen sollte, doch er entschied sich dagegen. Wenn es die leiblichen Kinder der beiden waren, hatten diese mit ziemlicher Wahrscheinlichkeit ebenso braune Haare wie die Eltern. Das turnte ihn einfach nicht an. Seine Vorlieben waren fest in ihm verankert und so wunderte es ihn auch nicht, dass sein Unterleib zu brodeln begann, als sein Blick auf das Zelt fiel, indem sich das kleine Mitbringsel seines Freundes aufhielt.

# 23

## Elara

Bereits ein wenig angetrunken räumte sie das Geschirr in die Küche. Sie konnte sich gut mit Arno unterhalten und das war genau das, was sie jetzt brauchte. Es ging ihr gut und er tat ihr gut. Auf jeden Fall war es ein bislang gelungener, spontaner Abend und sie freute sich auf den weiteren Verlauf.

Als sie wieder ins Esszimmer kam, saß er allerdings nicht mehr am Tisch, wo sie ihn erwartet hatte. Sie schaute sich fragend um und sah ihn an der geöffneten Balkontür. Wie ein Adonis stand er dort und blickte auf den Kanal.

»Eine wirklich schöne Aussicht«, sagte er, drehte sich schließlich zu ihr um und ließ seinen Blick verlangend über ihren Körper wandern. »Aber diese gefällt mir noch mehr«, stellte er fest, mit einer Handbewegung auf sie deutend. Umgehend errötete sie leicht. *Keine fünfzehn*, ermahnte sie sich, nicht zum ersten Mal an diesem Abend, konnte jedoch auch ihrerseits den Blick nicht von ihm wenden. *Hat er das gerade wirklich gesagt? Empfindet er tatsächlich etwas für mich? War ich doch nicht nur die zweite Wahl an diesem Abend?* Es war erstaunlich, wie wenig genügte, sie von den schlechten Gedanken abzulenken.

Arno schaute ihr tief in die Augen und berührte zärtlich ihren Arm. Eine Mischung aus Vorfreude und Unwohlsein überflutete ihre Gliedmaßen und sie erstarrte. Er überwand ihren Widerstand mühelos und zog sie an sich, während widersprüchliche Gefühle in ihr tobten. Es war verboten, aber es war irgendwie aufregend.

Elara wünschte sich, der Boden würde sich auftun.

Sie wollte ihn.

Nicht.

Oder doch?

Aber, er war der beste Freund ihres Exmannes. Die verbotene Frucht, von der sie im Begriff war, zu kosten.

Er roch so gut.

Sie wollte es.

Durfte es nicht.

Sie ließ es zu.

Elara spürte seinen warmen Atem auf ihrem Gesicht, als er sich ihr näherte. Ihre Lippen berührten sich und für einen Moment schien es so, als wäre sie ein anderer Mensch an einem anderen Ort. Sie genoss jede Berührung seiner Lippen. Seine großen, starken Hände streichelten sie. Elara versuchte krampfhaft, sich auf den Kuss zu konzentrieren, aber ihre Gedanken waren nur bei seinen Berührungen. Als diese forschenden Hände unter ihre Bluse und rauf zu ihren Brüsten wanderten, wurde sie allmählich nervös. In ihr brodelte und zu rumorte es. Von einem Moment auf den nächsten war es, als würde sie vom Himmel in die Hölle wandern. Ihre Glücksgefühle lösten sich binnen Sekunden auf und wurden von Scham und Ekel abgelöst. Sie hatte das Gefühl, gleich erbrechen zu müssen, aber sie riss sich zusammen.

Seine Hände fuhren nun nach unten, über ihre Hose. Er kniff ihr sanft in den Hintern und drückte sie ganz dicht an sich. Durch den rauen Stoff seiner Jeans konnte sie seine Erektion spüren. Jetzt öffnete er ihren Hosenknopf und ihre Atmung beschleunigte. Ihr Herz raste.

Fluchtgedanken überschatteten alles. Sie musste seine Berührungen stoppen. Sofort!

Ruckartig zog sie ihren Kopf weg, sah ihn verängstigt an und versuchte, eine Reaktion in seinem Gesicht auszumachen, aber er stand nur da und blickte auf sie herab. Sofort knöpfte sie sich die Hose wieder zu, atmete entschlossen durch und sagte mit fester Stimme: »Tut mir leid. Ich kann das nicht.«

Sie fühlte sich elend, weil sie ihn so abrupt mit seiner Latte stehen ließ, doch sie wusste, dass sie das Richtige tat. Zitternd ging sie zum Esstisch und schenkte sich einen großen Schluck Wein ein, den sie mit einem Mal in sich reinkippte. Noch während der vollmundige Geschmack des schweren Weines dabei war, den seiner Küsse zu überlagern, vernahm sie ein leises Räuspern, ganz dicht hinter sich, dann spürte sie einen dumpfen Schmerz und alles um sie herum wurde schwarz.

***

Als sie wieder zu sich kam, hatte sie das Gefühl, ihr Kopf würde explodieren. Vor ihrem inneren Auge zuckte und pochte es. *Was ist passiert?* Sie öffnete ihre Augen und wollte sich mit der Hand an den Kopf fassen, als eine entsetzliche Erkenntnis sie augenblicklich jeglichen Schmerz vergessen ließ. Sie war festgebunden.

Ein paarmal blinzelte sie und erkannte ihr Schlafzimmer. Nackt lag sie auf ihrem Bett. Gefesselt. Suchend ließ sie ihren Blick durch den Raum wandern und erblickte Arno, der grinsend vor ihr stand. Er war ebenfalls nackt. Erschrocken zuckte sie zusammen und Panik überkam sie.

»Was ist hier los, Arno? Was soll das?« So fest sie konnte, rüttelte sie an den Handschellen, mit denen er sie an ihr eigenes Bett gefesselt hatte. Er grinste diabolisch.

»Robert hat mir von deinen Spielchen erzählt.« Er sah ihr direkt in die Augen und sie meinte einen Hauch von Wahnsinn in ihnen sehen zu können.

»Wovon redest du? Was für Spielchen?« Sie rüttelte weiter verzweifelt an den Handschellen, bis ihre Handgelenke schmerzten. Erst dann bemerkte sie, dass auch ihre Beine gespreizt an den Bettseiten befestigt wurden und fing an zu schreien. In voller Panik wand sie sich und zerrte an den Fesseln und Schellen, in der Hoffnung, sie würden sich lösen. Fehlanzeige. Sie war ihm ausgeliefert, nackt und verletzlich.

Arno bewegte sich nicht. Er schaute ihren verzweifelten Versuchen amüsiert zu und schnalzte mit der Zunge, als sie aufgab und schweratmend auf dem Bett zusammensackte.

»Ich bin Bulle. Ich weiß, wie man jemanden bewegungsunfähig macht. Und jetzt halt die Klappe, sonst stopf ich sie dir«, sagte er schließlich und wiegte seinen Kopf hin und her. Seinen Blick hatte er auf ihre trockene Pflaume gerichtet.

»Du magst es, einen Mann geil zu machen und ihn dann fallen zu lassen, wie einen nassen Sack. Aber nicht mit mir. Robert weiß, dass wir uns heute treffen und er hat mir ein paar Tipps gegeben, wie ich am besten mit einer Orgasmusbremse wie dir umzugehen habe. Und, Scheiße, Mann, es scheint richtig lustig zu werden.« Erfreut klatschte er in die Hände, umklammerte anschließend seinen Penis und rieb ihn, während er um das Bett herumging. Elara versuchte, von ihm weg zu weichen, ohne Chance.

»Glaubst du allen Ernstes, dass du diese ganze Scheiße hier abziehen kannst, ohne deine gerechte Strafe zu erhalten?«, kläffte sie ihn an. Ihr Gesicht war von der Anstrengung gerötet und von Panik nass geschwitzt.

»Natürlich. Wenn du nicht möchtest, dass dir Charlotte weggenommen wird, weil du nicht in der Lage bist, dich bestmöglich um sie zu kümmern, wirst du keiner Menschenseele etwas davon erzählen.« Er grinste, siegessicher und triumphierend, und leckte sich lustvoll die Lippen.

»Wem, meinst du, glauben die Leute eher? Dir oder einem angesehenen Ermittler wie mir?«

Ihr Puls raste. Sie wusste, er hatte recht und sie war ihm gnadenlos ausgeliefert.

»Na komm, Baby. Lass uns etwas spielen.«

»Fick dich!« Sie spuckte ihn an und traf seinen Arm. Arno lachte wieder, wischte sich den Arm sauber und leckte sich die Finger. Dann schnellte seine nach Speichel stinkende Hand nach vorn und umfasste ihren Hals. Er drückte zu und schnürte ihr mehr und mehr die Luft ab. Mit leicht herausquellenden Augen sah sie ihn panisch an und riss den Mund auf, doch mehr als ein Krächzen brachte sie nicht hervor. Und noch schlimmer: Kein Atem drang in ihr Inneres. Panik machte sich in ihr breit.

Nach einer gefühlten Ewigkeit ließ er los. Sie hustete und stieß einen heiseren Fluch aus. Dann wollte sie einem Impuls folgen und ihn anflehen, sie in Ruhe zu lassen, doch ehe sie wieder das Wort an ihn richten konnte, sah sie aus dem Augenwinkel seine Faust auf sich zu schnellen. Sie traf ihre Schläfe und wieder wurde alles um sie herum schwarz.

Nach kurzer Zeit aber, kam sie zu sich und realisierte nur langsam, in was für einem Szenario sie sich gerade befand. Einen Augenblick lang wunderte sie sich, weshalb sie sich unsanft hoch und runter bewegte, dann spürte sie ein Brennen zwischen ihren Beinen und eine Last auf ihrem Körper. Sie traute sich kaum, die Augen zu öffnen, tat es aber schließlich doch und stieß einen spitzen Schrei aus. Auf ihr lag grunzend und schnaubend Arno, der mit zusammengepressten Augen seinen Schwanz in sie reindrückte und kurz davor war, abzuspritzen. Er schwitzte stark und ließ sich von ihrem Aufbäumen nicht aus dem Rhythmus bringen. Kurz darauf stöhnte er laut und lachte wie ein Irrer. Elara kannte diese Situation nur zu gut und plötzlich verschmolz sein Gesicht mit dem ihres Exmannes. Weinend presste sie die Lider wieder zusammen und zählte bis hundert. Als sie bei vierzig angekommen war, verlor er seinen Rhythmus, zuckte spastisch, ließ sich wie ein nasser Sack auf sie fallen und schlief ein.

Eine Weile lagen sie so da. Ihr Unterleib schmerzte und auch ihr Kopf war kurz vorm Platzen. Benommen kämpfte sie gegen den Schmerz an, bevor sie Worte fand: »Scheiße, du Wichser. Geh endlich von mir runter und mach mich los«, befahl sie ihm in scharfem Tonfall. Er rührte sich nicht. Sie wiederholte das Gesagte und verlieh ihren Worten Nachdruck, indem sie sich wand.

Endlich wurde er wach. Laut schmatzend erhob er sich und grinste triumphierend. Mit Hohn in der Stimme fragte er: »Warum sollte ich dich losmachen? Wir haben doch gerade erst angefangen!«

# 24

## Elara

Es war Samstag. Die Tortur dauerte bereits die ganze Nacht und obwohl bereits die ersten Sonnenstrahlen das Schlafzimmer erhellten, war Elara sich im Klaren darüber, dass es noch lange nicht vorbei war. Völlig erschöpft und vom Schmerz zerrissen lag sie, noch immer geknebelt und gefesselt, auf dem Bett und wartete auf die nächste Sauerei, die Arno sich einfallen lassen würde. Der ließ jedoch auf sich warten. Seit geraumer Zeit war er nicht mehr im Schlafzimmer gewesen, um sich an ihr zu vergehen. Ein Umstand, der sie zunehmend nervös machte.

*Was treibt er in meiner Wohnung?,* fragte sie sich und wand sich unruhig in ihren Fesseln, als sie ein Klappern hörte, das sie erstarren ließ. Es klang wie eine Pfanne oder ein Topf, den man unsanft auf den Herd stellte. *Macht sich der kranke Wichser jetzt etwa Frühstück?* So leise wie möglich atmend lauschte sie den Geräuschen, die aus ihrer Küche kamen. *Klong.* Was auch immer er da erwärmte, trieb ihr zunehmend Schweißperlen auf die Stirn.

Mit schmerzverzerrtem Gesicht rüttelte sie erneut an den Handschellen. Aufgeben kam nicht infrage, auch wenn es zwecklos war, daran zu zerren. Ihre Handgelenke waren bereits blutig und die Scheißteile hatten, wie zu erwarten war, nicht einen Nanometer nachgegeben.

*Scheiße, scheiße, gottverdammte Scheiße noch mal!* Sie war so unglaublich wütend und verletzt, dass ihr Wortschatz auf Zwergengröße geschrumpft war. *Scheiße.*

Erschrocken fuhr sie zusammen, als seine Silhouette im Türrahmen auftauchte. Er hielt die Pfanne in der Hand und sofort beschlich sie ein ungutes Gefühl. Er grinste, als würde er irgendetwas Böses im Schilde führen.

»Ich habe da mal etwas vorbereitet.«

Lächelnd kam er auf das Bett zu, setzte sich auf die Kante und stellte die heiße Pfanne neben ihr ab. Noch immer war er nackt und ließ sein krummes, unbeschnittenes Teil zwischen seinen Beinen baumeln.

»Es ist doch eine tolle Idee, wenn ich dir eine kleine, bleibende Erinnerung an unser gemeinsames Wochenende schenke.«

Elara hob eine Augenbraue und schüttelte den Kopf. *Scheiße, nein!*

»Beim Kacken habe ich es entdeckt und mich gefragt, warum man sich so etwas über die Badezimmertür hängt, denn wie man ja deutlich erkennen kann, hat es absolut keine nutzbringende Wirkung. Also, zumindest für dich nicht!«

*Das Hufeisen. Scheiße!*

Arno musterte ihren Körper, mit aller Wahrscheinlichkeit, um die geeignetste Stelle für das Branding herauszusuchen. Mit einem Funkeln in den Augen zog er sich den Topfhandschuh an, stieg auf das Bett und hockte sich über sie. Dann griff er mit geschützter Hand nach dem Hufeisen, drehte es mit der Öffnung nach oben und drückte es ihr, ohne Vorwarnung, zwischen die Brüste. Der Schmerz füllte ihren Körper und ließ sie hinter dem Knebel aufheulen. Er zog seine Hand zurück, ließ das heiße Ding, das sich unerbittlich durch ihre Haut sengte, liegen wo es war. Aufmerksam beobachtete er, wie sie gequält die Augen verdrehte, aus denen Tränen strömten, während ihr gemarterter Brustkorb sich, samt des Folterinstrumentes, von Schluchzen geschüttelt hob und senkte. Erst nach mehreren Minuten, als es sich etwas abgekühlt hatte, nahm er das Hufeisen von ihrem Körper und lachte laut auf, als er sein Werk begutachtete.

»Oh Mann, das sieht einfach zum Schießen aus. Als hättest du drei Titten. Ich kann nicht mehr.« Er schien gar nicht mehr aufhören zu können, mit dem Lachen. Japsend drehte er den Kopf weg und rang um Atem.

Sie sah ihn mit schmerzverzerrter Miene an und konnte einfach nicht fassen, dass er sich so dermaßen darüber Wegschreien konnte, dass ihm die Luft wegblieb.

Als er sich einigermaßen beruhigt hatte, warf er abermals einen Blick auf ihre Oberweite und feierte die, seiner Meinung nach, gelungene Optik.

»Auf dass es dir ab sofort mehr Glück beschert«, presste er anschließend heraus, warf das Hufeisen beiseite und knetete lustvoll ihre Brüste.

Von Schmerz und Entsetzen benommen, realisierte sie zuerst gar nicht, dass er es sich wieder zwischen ihren Beinen bequem machte. Während er zum fünften Mal in sie eindrang, fragte sie sich, weshalb er sie nicht einfach umbrachte. Wie sollte sie in diesem Zustand noch in der Lage sein, das Leben mental und körperlich zu meistern und sich um Charlotte zu kümmern? Und, verdammt, wo war eigentlich Annelise, wenn man sie mal brauchte?

***

Wie jeden Morgen saß Annelise Schmitz an ihrem Küchentisch, trank eine Tasse Tee und aß eine Scheibe Knäckebrot. Rituale waren ihr wichtig und dieses besonders, da es sie an die Zeit erinnerte, bevor ihr Mann verstorben war.

Nach dem kleinen, aber feinen Frühstück machte sie sich frisch, nahm ihre nervigen Medikamente und stellte sich eine Weile an das weit geöffnete Wohnzimmerfenster.

Manchmal verbrachte sie Stunden dort und ärgerte sich anschließend über die Schmerzen, die sie in den Armen plagten. Das kleinste Übel, wenn man mal darüber nachdachte, was alles in der Welt los war. Tiere wurden gequält, Menschen verkauft und kleine Kinder verschleppt. Umso glücklicher war sie, als die kleine Charlotte vor ein paar Tagen doch noch nach Hause gekommen war. Man hatte die Standpauke ihrer Mutter zwar durch die Wand im Wohnzimmer hören können, aber Annelise verstand den Gefühlsausbruch der verängstigten Frau, auch wenn sie selbst keine eigenen Kinder hatte.

Das Mittagessen fiel, wie so oft, eher spärlich aus. Ein Fertigmenü aus dem Kühlregal. Annelise hatte die Lust am Kochen verloren. Die einzige Tätigkeit in der Küche, die ihr noch wirkliche Freude bereitete, war, einen Kuchen zu backen und der Familie Wells etwas davon abzugeben.

Wie jeden Mittag legte sie sich für ein, zwei Stündchen ins Bett und hielt Mittagsruhe, doch an diesem Tag wurde sie um ihren wichtigen Mittagsschlaf gebracht. Es rumpelte und knallte verdächtig, auf der anderen Seite der Wand. Annelise hatte mitbekommen, dass die junge Mutter einen männlichen Besucher hatte und das Kind übers Wochenende zum Vater gegangen war. Der Türspion hatte sie dazu verleitet, genau zu verfolgen, was sich im Hausflur alles abspielte.

Kurz überlegte sie, ob es wirklich sein musste, sich um die Mittagszeit im Schlafzimmer auszutoben, aber eine Spielverderberin wollte sie auch nicht sein. So verzichtete sie darauf, an die Tür der Nachbarin zu klopfen, um sich zu beschweren oder – Gott bewahre! – die Polizei zu rufen. Stattdessen tat sie das, was sie bereits in der Nacht getan hatte, um etwas Ruhe zu finden. Sie stopfte sich kleine Wattekugeln in die Ohren.

Annelise war alt und neugierig, aber auf ihren Schönheitsschlaf bestand sie. Völlig egal, was sich in der Wohnung nebenan abspielte.

***

Ihr Unterleib fühlte sich wie ein einziges Hämatom an. Umso schrecklicher war es, mit anzusehen, wie Arno, besudelt mit Sperma und Blut, von ihr runterstieg und im Bad verschwand. Elara würde vermutlich nie mehr sitzen können. Sie war ein gebrochenes Stück Elend, das verzweifelt auf das Ende wartete.

Minuten vergingen, ehe Arno frisch geduscht aus dem Badezimmer kam und zum Stuhl ging, den sie selbst grundsätzlich als Wäscheständer nutzte. In ihr entfachte ein Feuer der Freude, als sie sah, dass er sich seine Anziehsachen überzog. Erleichtert schloss sie die Augen und spürte eine warme Träne, die an ihrer kalten Schläfe entlangfloss.

Arno entfernte, ohne sie eines Blickes zu würdigen, die Handschellen und Fußfesseln und verließ wortlos das Schlafzimmer.

Erleichtert rieb sie sich die blutigen Handgelenke und wollte aufstehen, doch sie war von der Körpermitte an nach unten hin wie gelähmt. Das lange Liegen in ungewohnter Position forderte seinen Tribut. Also blieb sie noch eine Weile auf dem Bett liegen und versuchte, anhand der Geräuschkulisse herauszufinden, wo in ihrer Wohnung ihr Peiniger sich aufhielt. Erst, als er die Wohnungstür hinter sich zuknallte, entspannten sich ihre Gliedmaßen, dann sog sie schmerz- und schamerfüllt die Luft ein, als sich ihre Blase unkontrolliert entleerte.

Langsam rollte sie sich vom Bett und landete hart auf dem Fußboden. Erschrocken und hemmungslos schluchzend blickte sie auf die Matratze, die mit Blut bespritzt und von Sperma und Urin durchtränkt war. Elara tat jeder einzelne Knochen und Muskel in ihrem Leib weh. So grausame Schmerzen hatte sie nicht einmal bei der Geburt ihrer Tochter verspürt und damals hatte sie, im übertragenen Sinn, ohne Betäubung eine Melone aus sich herausgepresst.

Mit letzter Kraft stellte sie sich auf die wackeligen Beine und wankte ins Badezimmer. Es gab nichts, was sie sich mehr wünschte, als ein heißes Bad und eine Handvoll Schmerzmittel.

Sie würde wieder zu Kräften kommen. Es war nicht das erste Mal, dass ihre Vagina einem aufgeblasenen Ballon glich. Am besten dachte sie gar nicht darüber nach, sondern konzentrierte sich auf das, was wirklich wichtig war: Charlotte. Der Gedanke an ihr Kind, das von den schrecklichen Ereignissen glücklicherweise nichts mitbekommen musste, gab ihr Kraft. Ihr blieb der Trost, dass zumindest ihr Kind ein besseres Wochenende gehabt hatte. Doch auch diese Hoffnung sollte wie eine Seifenblase platzen.

# 25

## Elara

Es war Sonntagmittag und erst, als sie auf die Uhr sah und realisierte, dass Charlotte in der nächsten halben Stunde nach Hause kommen würde, quälte sie sich vom Sofa und zog sich etwas über. Im Badezimmer kaschierte sie gerade ihr blaues Auge mit Make-up und bändigte ihre verknoteten Haare, was ihr nur bedingt gelang, als es klingelte.

Es klingelte Sturm, da es Elara nicht schaffte, den Eingang ihrer Wohnung schnell zu erreichen. Mit leicht gespreizten Beinen, wie auf Eiern, lief sie zur Tür, öffnete sie und erschrak, als sie ihre Tochter sah. Charlotte lächelte nicht. Sie starrte nur auf den Boden. Kein fröhliches ›Hallo, Mami‹, kein ›Schön, dich zu sehen‹. Nichts. Auch von ihrem Vater verabschiedete sie sich nicht. Irgendetwas stimmte nicht mit ihr, das spürte Elara sofort.

Charlotte lief an ihrer Mutter vorbei in ihr Zimmer und verschloss die Tür. Normalerweise zog sie vorher immer die Schuhe im Flur aus, da sie ihren neuen Teppich nicht schmutzig machen wollte. Noch ein Zeichen, das Elaras Alarmglocken zum Läuten brachte.

Mit fragendem Blick wendete sie sich Robert zu, der derweil an der Wohnungstür stand. Der zuckte nur mit den Schultern, setzte ein Lächeln auf und überreichte Elara Charlottes Tasche.

»Wir hatten ein schönes Wochenende. Ich glaube, sie ist nur etwas erschöpft. Sind immerhin einige spannende Sachen passiert«, sagte er, mit einem Augenzwinkern, bei dessen Anblick Elara die Galle in der Kehle hochstieg. Sie blickte zu Boden, wollte ihn nicht ansehen müssen. Nie mehr. Er war ein Arschloch, das war ihr schon lange klar, aber dass er ihr so etwas angetan hatte, wollte einfach nicht in ihren Kopf. Wie konnte er nur seinen besten Freund dazu anstiften, sie zu foltern und missbrauchen?

»Aha«, brachte sie nur heraus und wollte schnell die Tür verschließen, als Robert seinen Arm ausstreckte und sie weiter aufdrückte. Er trat einen Schritt auf sie zu, legte einen Finger unter ihr Kinn und zwang sie mit sanftem Druck, den Blick auf ihn zu richten.

»Wie ich hörte, hattest du auch ein aufregendes Wochenende.« Er zwinkerte ihr abermals zu und zog dann seine Hand zurück. Sekunden später knallte die Tür ins Schloss und Elara schmeckte die Galle nun in ihrem Mund. Sofort machte sie auf dem Absatz kehrt und sprintete ins Bad. Sie konnte gerade noch den Toilettendeckel hochklappen, ehe eine Welle aus gelber Galle aus ihr herausschoss.

Direkt im Anschluss sah sie nach Charlotte.

Elara klopfte kurz an und betrat das Zimmer. Ihre kleine Tochter wirkte alles andere als nur *gestresst*. Irgendetwas lag ihr schwer auf dem Herzen, das spürte eine Mutter. Das Mädchen saß auf dem Bett und spielte mit einer kleinen Stoffpuppe. Elara setzte sich zu ihr und stieg in das Spiel ein.

»Wie war dein Wochenende, meine Süße? Hattest du Spaß?«, fragte sie, so beiläufig wie möglich.

»Hm.« Charlottes einzige Antwort.

»Das freut mich. Möchtest du etwas essen? Soll ich dir ein paar Nudeln kochen?«

»Hm, hm.« Ein klares Nein, wenn sie das Kopfschütteln mit einbezog.

»Ist wirklich alles in Ordnung? Du siehst traurig aus.«

Schulterzucken als Antwort.

»Du weißt, du kannst mit mir über alles reden. Ist irgendwas passiert? War der Papa nicht lieb zu dir?« Schon während sie die Fragen stellte, wurde ihr schwindelig, doch Charlotte schüttelte abermals den Kopf.

»Na gut, dann spiel noch ein bisschen. Ich bin im Wohnzimmer, wenn was sein sollte.« Elara gab ihr einen Kuss auf die Stirn und ging aus dem Zimmer.

Gerade als sie im Wohnzimmer ankam, vibrierte ihr Smartphone. Ihre Hände begannen zu zittern, als sie sah, von wem sie eine Nachricht erhalten hatte. Noch während sie las, verkrampfte sich ihr Brustkorb und sie war kurz vor einer Panikattacke:

*»War schön mit dir!*

*Müssen wir unbedingt wiederholen, aber vergiss nicht, das bleibt unser kleines Geheimnis.*

*Gruß, A.«*

Sofort nachdem sie das gelesen hatte, löschte sie die Nachricht und blockte ihn. Inständig hoffte sie, ihn nie mehr wiedersehen zu müssen. Das Kapitel *Scharfer Bulle* war binnen eines Wochenendes abgeschlossen.

Noch immer mitten im Wohnzimmer stehend, sah sie Charlotte, die mit gesenktem Kopf ins Badezimmer ging und ihr Herz wog schwer. Etwas war definitiv nicht in Ordnung. Elara kehrte gedanklich zu Robert zurück und es widerte sie an, mit ihm in Kontakt bleiben zu müssen. Sie teilten sich das Sorgerecht und Charlotte hing an ihrem Vater. Trotzdem wünschte sie sich, den Kontakt irgendwie unterbinden zu können. Vielleicht, und der Gedanke gefiel ihr sehr, würde sich Robert den Kontakt zu seinem Kind selbst versauen. Irgendwie. Und sie wurde das Gefühl nicht los, dass es dieses Wochenende sogar geschehen war.

# 26

## Norbert

Eilig lief Norbert den gepflasterten Weg zu seinem Haus hoch. Das Wochenende war lang gewesen und er musste sowohl in der ersten Etage als auch im Keller nach dem Rechten sehen. Die Alte kam zwar – dank des Tropfes – ein bis zwei Tage ohne Mahlzeit aus, trotzdem war es ein Spiel mit dem Feuer. Sie durfte nicht sterben, denn sie war die einzige Person, die immer bei ihm war. Diese Frau hatte ihn nie verlassen und er sorgte dafür, dass es auch nicht so weit kommen würde. Es war zwar nicht immer leicht, ihren zerfallenden Körper zu sehen, ihn zu reinigen oder zu riechen, aber sie lebte und das war die Hauptsache.

Er stellte seine Reisetasche im Flur ab, stieg die Treppe rauf und öffnete die Schlafzimmertür, ohne vorher anzuklopfen. Der beißende Gestank von Exkrementen, fraß sich durch seine Nase bis in den Kopf und verursachte einen stechenden Kopfschmerz, gefolgt von einem Würgen, das er nur mühsam unterdrücken konnte. Angewidert presste er sich eine Hand vor Mund und Nase und ging auf das Bett zu, auf dem die Alte regungslos lag. Einen Moment lang stand er vor ihr und betrachtete sie voller Besorgnis.

*Ist sie tot?* Es roch jedenfalls so, aber bei genauerer Betrachtung sah er, dass sich ihr Brustkorb leicht auf und ab bewegte. Sie lebte, stank allerdings wie zehn faulende Schweine. Norbert musste sie sauber machen und lüften, bevor sich der Geruch im ganzen Haus ausbreitete und womöglich noch das Interesse der Nachbarn weckte.

Das war das Letzte, was passieren durfte. So viele Jahre lebte er ein unauffälliges Leben und niemand hatte ihm jemals unangenehme Fragen gestellt. Das sollte auch so bleiben.

Schnell lief er herunter ins Bad, bereitete eine Schüssel mit heißem Wasser vor und zog sich Gummihandschuhe und einen Mundschutz an. Beides hatte er in dem Schrank unter dem Waschbecken für den Fall der Fälle verstaut. Generell hatte er allerlei Zeug gebunkert. Er war auf alles vorbereitet. Zumindest für den Fall, dass ein Krieg ausbrechen und er für eine sehr lange Zeit nicht mehr in einen Drogeriemarkt kommen würde.

Erneut betrat er das Schlafzimmer, stellte die Schüssel neben das Bett und breitete auf dem Boden eine Plane aus. Sie konnte nicht mehr sitzen und musste, während er das Bett säuberte, auf dem Boden liegen. Sorgfältig legte er die Verkabelung zurecht, die an der Alten befestigt war, und zog die Decke von ihr herunter. Würgend kniff er die Augen zusammen. Es war widerlich. Das gesamte Bettlaken war bräunlich verfärbt und auch das Nachthemd erstrahlte nicht mehr in einem reinen Weiß, sondern hatte gelbe und braune Flecke. Norbert musste sich zusammenreißen und die Sauerei schnellstmöglich wegwischen. Entschlossen ging er auf die Alte zu und packte sie wenig zimperlich unter den Armen. Sie jammerte, aber darauf konnte er keine Rücksicht nehmen. Er musste sie vom Bett heben, egal wie sehr es ihr wehtat. Inzwischen hatte sie sich wundgelegen und auf dem Rücken und Hintern bildeten sich schwarze Löcher, die noch bestialischer stanken, als ihre Exkremente. Ihr Körper verfaulte immer mehr und er musste anfangen, sich damit abzufinden, bald ohne sie zu sein. Völlig egal, ob er es zulassen wollte oder konnte. Immerhin gab es trotz alledem genug Mittel und Wege, um sie noch eine ganze Weile am Leben zu halten. Und die würde er voll ausschöpfen.

»Ich zähle jetzt bis drei, dann hebe ich dich aus dem Bett und lege dich auf den Boden. Beiß die Zähne zusammen.« Er zählte, hob sie an und zog die Alte vom Bett. Ihre Füße knallten hart auf dem Boden auf, woraufhin sich sofort Blutergüsse an den Hacken bildeten. Obwohl an ihr so gut wie nichts mehr dran war, war sie verdammt schwer – und steif. Ein Riesenbaby als Steiftier. Fehlten nur noch die Windeln, auf die er absichtlich verzichtete, da er das Risiko nicht eingehen wollte, im Laden schief angeschaut zu werden, wenn er sie kaufte. Verdammt, er durfte gar nicht daran denken, wie viel Aufmerksamkeit er damit auf sich ziehen würde. Nur weil er die Sechzig vor Kurzem überschritten hatte, war er noch lange nicht inkontinent. Er war fit und stark und worauf war das zurückzuführen? Auf den regelmäßigen Sex mit seinen Püppchen. Die Alte hatte er schon lange nicht mehr angefasst. Brauchte er auch nicht, da sie inzwischen wenig Wert auf die Sache legte, wie er zu Wissen glaubte. Mit Sicherheit war sie froh, dass sie lebte. Da brauchte sie keinen, der über sie drüber rutschte und ihr, allein durch das Gewicht des Schwanzes, die Knochen brach.

Nachdem er sie auf dem Boden abgelegt hatte, auf dem sie heulend und jaulend ausharren musste, bezog er das Bett und schrubbte mit Polsterschaum die Matratze sauber. Anschließend versprühte er noch eine halbe Flasche Febreze, um den Kackgestank aus der Matratze herauszubekommen. Danach zog er ein neues Bettlaken drauf und bezog Decke und Kopfkissen. Erst als er die versiffte Wäsche in einen großen Sack gestopft und diesen fest verschlossen hatte, widmete er sich wieder der Alten zu. Noch einmal testete er die Temperatur des Wassers. *Zu kalt.* Es musste heiß sein. Sehr heiß. Nur so konnte sie sauber werden. Nur dann würde er den Gestank und die eingetrockneten Kackkrümel von ihrem Körper abbekommen. Also verließ er kurzerhand das Schlafzimmer und versicherte der zitternden Frau, sofort wieder da zu sein.

Den Eimer mit dem dampfenden Wasser in der Hand, ging er zurück ins Schlafzimmer und kniete sich neben die Frau auf den Boden. Vorsichtig zog er ihr das Nachthemd aus, was dank ihrer steifen Gelenke nicht leicht war. Als er den ersten Arm nur mit Mühe und Not aus dem Nachthemd drücken konnte, ohne ihn zu brechen, entschied er sich, das Nachthemd aufzuschneiden. Es war sowieso hinüber. Keine Waschmaschine der Welt, würde es wieder sauber bekommen.

Norbert griff nach dem Schwamm und tauchte ihn in das heiße Wasser. Selbst durch die Gummihandschuhe spürte er die Hitze und es kribbelte auf seiner Haut, doch es nützte alles nichts, da musste sie durch. Der Schwamm berührte ihren knochigen alten Körper und sie sog scharf die Luft ein. Ihr Gesicht war schmerzverzerrt und ihr Körper bebte vor Schmerz. *Das muss sein. Es geht nicht anders*, beruhigte er sich selbst und ignorierte den gequälten Ausdruck in ihrem Gesicht. Eigentlich wollte er ihr nicht wehtun. Er wollte sie säubern und alle Bakterien abtöten, die ihre Scheiße auf dem gesamten Körper verteilt hatte.

Mittlerweile wurde sie krebsrot und das Jaulen unter der Sauerstoffmaske mutierte zu einem erschöpften Wimmern. Nach sich endlos anfühlenden Minuten war sie endlich sauber und Norbert ließ den Schwamm in das inzwischen braune Wasser fallen.

Anschließend legte er die Kabel wieder zurecht und hob sie auf das Bett zurück.

Einmal hatte er vergessen, die Kabel der Maschinen zurechtzulegen. Seine Füße hatten sich in dem Wirrwarr verheddert und er war gestolpert und hatte der Alten die Kanülen aus den Armen gerissen, woraufhin das Blut nur so durch den Raum spritzte. Glücklicherweise konnte er die Blutungen stoppen und neue Zugänge legen, auch wenn er das nie gelernt hatte. Noch einmal sollte ihm das nicht passieren. So eine Sauerei wollte er unbedingt vermeiden.

Nachdem er sie zurück in das Bett gelegt und ihr ausreichend zu trinken und Püriertes zu essen eingeflößt hatte, verließ er das Schlafzimmer und stieg die Stufen hinunter.

Nächster Halt: Keller.

# 27

## Norbert

Schon beim Zurückschieben des Riegels bekam er eine Gänsehaut. Als er dann die Kellertür öffnete, überkam ihn eine Welle der Aufregung. Gleich würde er seine Schätze wieder in die Arme schließen können.

Die letzten Tage waren nicht leicht gewesen. Beim Pädophilen-Treffen hatte es eine Menge Kritik an ihm gehagelt. Seinem Trieb nicht mehr standhalten zu können, war die eine Sache, aber jemand anderen wissentlich mit reinzuziehen eine andere. Darüber hinaus war es zu riskant gewesen, gleich zwei kleine Mädchen in kürzester Zeit zu entführen und zu missbrauchen. Er hatte neben seiner auch die Anonymität aller anderen aufs Spiel gesetzt. Jeder war sich sicher, die Bullen hätten aus ihm jeden Namen herausquetschen können, wie Saft aus einer Orange im Entsafter. Vor allem Claudia hatte lautstark gegen sein Tun protestiert, was keinen wunderte. Schließlich war sie diejenige, die Kinder zeugte, um sie zu missbrauchen.

Norbert durfte sich nicht mehr von seinen Gefühlen leiten lassen. Das wusste er und doch fiel es ihm nach wie vor schwer. Natürlich vergötterte er seine geliebten Puppen. Er pflegte sie gut, kämmte ihre Haare, wusch ihre Kleider, badete und wärmte sie. Und doch waren sie kalt und bewegungslos. Die beiden kleinen Mädchen, Sophie und Julia, die er bei sich zu Besuch gehabt hatte, waren warm und lebendig. Sie hatten sich bewegt und ihn gewärmt. Seine Gedanken kreisten ununterbrochen um diese Erfahrung und das Gefühl von Echtheit. Ja, seine Puppen waren lebensecht. Von der Körpergröße bis hin zu allen Öffnungen, waren es 1A Kopien von lebendigen Kindern gewesen. Doch konnte selbst die Perfektion dieser Arbeit nicht mit der Realität mithalten.

Norbert sah sich nicht als Psychopathen oder Triebtäter, er bevorzugte den Ausdruck ›Sammler des Ungewöhnlichen‹, der ein paarmal über die Stränge geschlagen hatte. Er war keine kranke Seele, wie er fand, und wurde auch nie schlecht von seinen Eltern behandelt. Ihn zierte ganz einfach nur eine sexuelle Vorliebe, mit der die Gesellschaft nichts anfangen konnte. Nie würde er einen festen Platz dort finden. Ein Wunder, dass es eine Frau gab, die ihn nicht verurteilte oder gar allein ließ. Sie wusste von seiner Vorliebe und war eine intelligente Frau, die nie den Keller betrat. Grundsätzlich schwieg sie, wenn er sich für ein paar Stunden dorthin verzog und sie allein im Wohnzimmer sitzen ließ. Er wusste nicht viel von ihr. Nie hatte er sie nach ihrem Leben vor ihm gefragt. Für ihn zählte nur, dass sie da war, blieb und schwieg.

Nervös stand er am Treppenabsatz und lauschte seinen wirren Gedanken. Ja, nein, gut, böse, Yin, Yang, schwarz, weiß. Er schüttelte den Kopf und wollte ihn frei bekommen. Es war kein Kind mehr in seinem Keller. Einzig und allein seine Sexpuppen warteten auf ihn und um die würde er sich mit Hingabe kümmern. Genauso, wie er es versprochen hatte.

Langsam setzte er sich in Bewegung und betrat den Kellerraum. Friedlich und still saßen die Kinder- Sexpuppen in einer von ihm dargestellten Szene. Ein paar von ihnen tranken Tee am Kindertisch, andere tummelten sich auf einer Picknickdecke und kümmerten sich um kleine Puppenbabys und wiederum andere spielten Doktorspiele. Seine Lieblingsszene.

Behutsam streichelte er jeder über den Kopf und begrüßte sie. Julia drückte er beim Vorbeigehen den linken Arm und ihre Stimme füllte den Raum.

»Hihihi. Hallo, Onkel Norbi.« Auch als er an Sophie vorbeiging, drückte er auf einen ihrer Druckpunkte und verhaltenes Kichern folgte.

»Ja, ich freue mich auch sehr, euch wieder zu sehen. Julia, Sophie, Lara, Anna, Marita, Emilia und all ihr anderen, die ihr noch keine eigene Stimme habt. Ich hoffe, ihr hattet ein schönes Wochenende, auch wenn ich nicht bei euch war.« Verliebt schaute er sich um. Sie waren wunderschön. Alle blond und blauäugig. Schlank und gleich gekleidet. Die Haarlänge, Körpergröße und Gesichtsform unterschied sie voneinander. Auf diese Weise konnte er sie alle wunderbar auseinanderhalten, ohne zuerst auf dem Schulterblatt nachsehen zu müssen, welchen Namen sie trugen. Doch eine Puppe passte nicht in das perfekte Bild der Mehrlinge. Lissy. Sie war das Abbild einer längst vergangenen Liebe. Eine Liebe, die er nie vergessen würde. Schon deshalb nicht, weil ein Bild von ihr immer über dem Bett hing, auf das er schauen konnte, wenn er mit Lissy spielte. Für wenige Augenblicke wurde sie dann in seinem Kopf lebendig und bescherte ihm so einen noch intensiveren Orgasmus als die übrigen Puppen.

Erregt näherte er sich dem Bild und sah es sich eine Weile an. Es war das letzte gemeinsame Bild, das er mit ihr gemacht hatte. Die letzte Berührung, die er spüren konnte, als sie auf seinem Schoß Platz nahm. Das allerletzte Mal, an dem er an ihrem Haar riechen durfte. Gott, wie sehr er sie vermisste.

Mit Tränen der Wehmut in den Augen nahm er Lissy auf den Arm und küsste ihre Stirn. »Ich habe dich vermisst, meine Schöne. Komm, lass uns spielen. Papa ist hungrig.«

# 28

## Elara

Am nächsten Morgen war sie in Versuchung, ihre Tochter nochmals auf den gestrigen Abend anzusprechen. Kaum ein Auge hatte sie in der Nacht zugemacht. Immerzu schwirrten ihr die wirrsten Gedanken durch den Kopf. Charlotte aber schwieg den ganzen Morgen und auch auf dem Weg zur Schule machte sie keine Anstalten, ihrer Mutter zu erzählen, was ihr auf dem Herzen lag. Elara wollte die Kleine zu nichts drängen, da sie wusste, dass Druck bei ihr gar nichts brachte.

Als sie am Schulgebäude anhielt, drehte sie sich zu ihrer Tochter um und sah ihr liebevoll in die Augen.

»Hab einen schönen Tag in der Schule.« Charlotte seufzte. Wollte sie endlich was sagen?

»Ich … Ach, ist schon gut.«

Elara hätte ins Lenkrad beißen können, riss sich aber zusammen. Am liebsten hätte sie ihre Tochter geschüttelt und sie angefleht, es ihr zu sagen, aber stattdessen lächelte sie und strich ihrem Kind über das Haar. Sie musste geduldig sein. Egal, wie schwer es ihr fiel.

Nachdem sie ihre Tochter sicher im Gebäude wusste, fuhr sie auf direktem Wege zur Praxis. Sollte sie Ivan Pietrovic von dem merkwürdigen Verhalten ihrer Tochter erzählen oder sollte sie erst noch ein bisschen warten? Womöglich interpretierte sie auch zu viel rein. Vielleicht war sie so sehr mit ihren eigenen Dämonen zugange, dass sie alles, was in irgendeiner Weise anders als normal auf sie wirkte, fehlinterpretierte.

Vor der Praxis parkte sie und hielt einen Moment inne, dann kramte sie ihr Smartphone aus der Handtasche und wählte Roberts Nummer. Sie musste mit ihm reden, obwohl sie es eher bevorzugt hätte, kopfüber von einer Klippe in die Tiefe zu stürzen und auf den Felsen zu zerschellen.

Nervös starrte sie aus dem Fenster und lauschte dem Freizeichen. Als Roberts Stimme an ihr Ohr drang, setzte ihr Herz für einen Augenblick aus. Erst, als er energischer ins Telefon sprach, da er von ihr keine Antwort erhielt, löste sich ihre Starre.

»Hallo, Robert. Ich wollte mich mal erkundigen, was ihr am Wochenende gemacht habt. Charlotte hat es gestern Abend bevorzugt zu Schweigen.« Robert räusperte sich und atmete schwer aus.

»Traurig, dass dir nicht einmal mehr deine eigene Tochter Auskunft über sich geben möchte. Und das mit nur acht Jahren. Das sollte dir zu denken geben.« Ein spöttisches Lachen, dann Stille. Mit aller Kraft versuchte sie, das Gesagte zu ignorieren, und umklammerte mit der freien Hand das Lenkrad. Sie drückte so fest zu, dass es schmerzte. Es half.

»Na ja, so sind kleine Mädchen. Geheimnisvoll. Aber von einem erwachsenen Mann kann man schon erwarten, eine vernünftige Antwort zu erhalten«, gab sie zurück und kniff die Augen zusammen. Bereit, weiteren Spott über sich ergehen lassen zu müssen.

»Wir waren im Wald campen und im Freizeitpark.« Überrascht öffnete sie ihre Augen und ein Grinsen flog über ihr Gesicht. Kaum merklich, aber es war Balsam für ihre Seele.

Ihre Laune besserte sich schlagartig. Es war das erste Mal, von dem Moment mal abgesehen, da sie ihm die

Scheidungspapiere vor die Füße geworfen hatte, dass sie ihrem Mann eine so starke und unnahbare Antwort gegeben hatte. Es beflügelte sie förmlich. Das erste Mal seit einer Ewigkeit, ging es ihr gut. Nicht medikamentengut. Nein, das Gefühl war echt. Aufgeregt rutschte sie auf dem Sitz hin und her, als er aufgelegt hatte und verzog dann schmerzverzerrt das Gesicht. Für einen Augenblick hatte sie vergessen, dass ihre Vagina einem buntbemalten Straußenei glich.

Bevor sie die Praxis betrat, schmiss sie sich noch eine Ladung Schmerzmittel ein. Ihr Chef brauchte nichts von ihrem Wochenende zu erfahren. Das musste sie mit sich selbst ausmachen. Und mit Arno. Irgendwie und irgendwann würde er seine gerechte Strafe bekommen, da war sie sich sicher.

Sie setzte sich an ihren Schreibtisch und beantwortete gerade die ersten Mails, als sie nach einer Weile von einer vertrauten Stimme unterbrochen wurde.

»Guten Morgen, Elara. Wie geht es Ihnen heute?«

»Es geht mir gut, Doktor. Danke der Nachfrage.«

»Das freut mich. Ich hoffe, Sie hatten ein schönes und erholsames Wochenende.« Das aufgesetzte Lächeln verschwand, ohne, dass sie es kontrollieren konnte. So sehr sie sich vor wenigen Augenblicken noch vorgenommen hatte, die Sache mit sich selbst auszumachen, so sehr traf es sie in dem Moment, als er sie nach ihrem Wochenende fragte. Sie sackte in sich zusammen und krümmte leicht ihre Schultern. Kaum merklich nickte sie. Schmerz und Ekel kehrten binnen eines Augenblicks mit voller Wucht zurück. Ivan Pietrovic stutzte besorgt und bot ihr an, mit in sein Büro zu kommen. Zuerst druckste sie einen Moment herum, ging dann aber doch mit ihm mit. Sie konnte ihre Dämonen nur loswerden, wenn sie darüber sprach und vor Kurzem war ein weiterer dazu gekommen.

Es war eine reine Verkettung von Geschehnissen, die nie passiert wären, hätte sie eine andere Kindheit gehabt. Wäre ihr Vater nicht verstorben, hätte ihre Mutter nie einen anderen Mann kennengelernt. Einen Mann, der, allem Anschein nach, nicht zwischen einer erwachsenen Frau und einem kleinen Mädchen unterscheiden konnte. Der erst ihre Mutter und kurz darauf sie selbst auf Händen trug. Ein Mann, der einem kleinen Mädchen weismachte, dass väterliche Liebe genau so zu sein hatte. Der behauptete, Streicheleinheiten, Küsse an verbotenen Stellen, Berührungen jeglicher Art und Sex würden dazugehören. Sie war klein und hatte nicht gewusst, was Recht und Unrecht war, hatte gedacht, es wäre normal und so hatte es sich auch nicht schlecht angefühlt. Zum damaligen Zeitpunkt ahnte sie nicht einmal, dass es schlecht war, bis sie ihrer Mutter davon erzählte. Deren Reaktion bestätigte eine leise Vermutung, die Elara gehegt hatte. Ein Auflachen gefolgt von einer abwertenden Handbewegung, als sei es in keiner Weise der Rede wert.

Elara wusste nicht, ob ihre Mutter damals unfassbar egoistisch war und Angst hatte, keinen anderen mehr abzubekommen, oder ob ihr das Wohlergehen ihres Kindes scheißegal war.

Erst später, als sie als Teenager ihren ersten festen Freund hatte, mit dem sie mehr als nur Händchen hielt, bemerkte sie, dass all das, was vor Jahren geschehen war, alles andere als normal war. Das zog sie in ein tiefes Loch. Seitdem war es für sie unmöglich gewesen, ein Sexleben zu führen, wie es ihre Freundinnen immer zu berichten wussten. Jahr für Jahr und Beziehung für Beziehung kämpfte sie mit ihren inneren Dämonen, in der

Hoffnung, sie nicht die Oberhand gewinnen zu lassen. Sie heiratete sogar und bemühte sich – zumindest eine ganze Weile – die sexliebende Partnerin zu sein, die ihr Mann bis dato verdient hatte. Sogar ein Baby bekam sie. Erst als sie auf dem Ultraschallbild erkannte, dass es ein Mädchen werden würde, übernahmen diese Kreaturen die Kontrolle über sie und sperrten ihre Libido endgültig in einen Käfig. Es folgten Eheprobleme, die sich gewaschen hatten. Diskussionen, Beschimpfungen, Prügel und Zwang, bis sie sich endlich dazu aufraffen konnte, sich zu trennen. Ein seltener, äußerst heller Moment in ihrem Leben, von denen sie nicht wirklich viele hatte.

Anschließend begannen ihre Albträume. Die Medikamente schenkten ihr Hoffnung, dass alles besser werden würde, aber schnell wurde klar, dass dies ein Irrtum war. Sie fragte sich, ob ihre nächtlichen Höllenfahrten ein weiteres Bindeglied in ihrem persönlichen Albtraum waren und ob sie jemals wieder ruhig schlafen konnte.

Nach ihrer Auffassung versaute sie ebenso das Treffen mit Arno und musste die Konsequenz dafür tragen. Wie lang würde die Kette noch werden und letzten Endes fragte sie sich, ob sie erst aufzuhalten war, wenn sie ihren letzten Atemzug …

Die Sitzung wurde abrupt unterbrochen, als Elara das Vibrieren ihres Handys in der Hosentasche spürte. Sie nahm den Anruf entgegen und wusste, dass alles Erlebte von nun an ihr geringstes Problem war.

# 29

## Elara

So schnell es der Verkehr zuließ, fuhr sie die Straße entlang zur Grundschule. Der Anruf traf sie wie ein Schlag. Zuerst konnte sie das Gesagte in keiner Weise glauben, doch als sie realisierte, dass die Stimme der Lehrerin mehr und mehr einem Kreischen, als einem gängigen Ton glich, musste sie sich der Realität stellen. Charlotte war entführt worden!

Sie stieg aus dem Wagen und rannte zum Gebäude. Den erstbesten Erwachsenen, dem sie begegnete, sprach sie an: »Wo ist das Lehrerzimmer?« Ihre Atmung ging stoßweise. Vor ihrem inneren Auge begann es zu flackern. Sie stand kurz vor einer Panikattacke.

»Ist alles in Ordnung bei Ihnen?«, fragte der Lehrer besorgt. Ihr wich jegliche Farbe aus dem Gesicht.

»Wo ist es?« Keine Zeit für Erklärungen. Sie musste mit Charlottes Klassenlehrerin sprechen. Der Lehrer erklärte ihr den Weg und eilte im Anschluss zum Unterricht, während sie, so schnell sie konnte, den Flur entlanglief und an die Tür hämmerte, die sofort geöffnet wurde. Eine Frau in legerer Kleidung, die ihre orange-roten Haare zu einem Dutt gebunden hatte und mit einer Brille auf der Nase, stand vor ihr. Ihr Gesicht war schreckensbleich, ohne jegliche Farbe. Frau Staub, Klassenlehrerin ihrer Tochter.

»Oh Gott, Frau Wells«, brachte sie hysterisch weinend hervor und stützte sich am Türrahmen ab. Nicht fähig, zu antworten, starrte Elara die Lehrerin fassungslos an.

»Es tut mir so leid! Ihre Tochter musste während des Unterrichts auf die Toilette und ich habe ihr erlaubt, das Klassenzimmer zu verlassen. Erst viel später habe ich bemerkt, dass sie noch immer nicht zurückgekommen war. Ich ließ sofort alles liegen und stehen und habe im ganzen Gebäude nach ihr gesucht. Auf dem Flur kam mir dann eine Mitschülerin entgegen, die mir sagte, sie habe ein Mädchen vom Klassenfenster aus dabei beobachtet, wie sie mit einem Mann das Schulgelände verließ. Die Beschreibung passte auf Charlotte. Oh Gott, ich fühle mich so schuldig!«

»Wann … war … das?« Elara hatte Mühe, den Drang Frau Staub quer durch das Lehrerzimmer zu prügeln, zu unterdrücken.

»Vor zwei Stunden, ungefähr. Ich …« Weiter kam sie nicht. Ihr Blick wanderte an Elara vorbei. Sie nickte den Männern zu, die sich dem Lehrerzimmer schnellen Schrittes näherten. Noch bevor die sich umdrehen konnte, erkannte sie eine Stimme, die einem der Herankommenden zuzuordnen war.

Elara musste sich auf der Stelle übergeben.

»Arno Schürmann ist mein Name«, gab der ungerührt von sich, während der fassungslose Blick der Lehrerin zwischen der kotzenden Mutter und dem Beamten hin und her wanderte. »Ich bin hier, weil ein kleines Mädchen vermisst gemeldet wurde. Dies ist mein Partner Thomas Winkler und das ist Robert Wells, der Vater des Mädchens.« Mit einem abschätzigen Seitenblick auf Elara fügte er hinzu: »Wie ich sehe, ist die Mutter auch bereits eingetroffen.«

Nicht fähig, weiterhin aufrecht zu stehen, sackte Elara auf die Knie und landete in ihrer eigenen Kotze. Robert bückte sich angewidert zu ihr herunter und griff nach ihrem Arm. Nicht schmerzhaft, aber bestimmt. Sie sah ihm in die Augen, so wie sie ihn immer ansah, wenn er sie festhielt. Verängstigt.

»Ich denke, es ist das Beste, wenn du nach Hause gehst und dort auf Charlotte wartest. Es ist wichtig, dass jemand daheim ist, sollte sie dort auftauchen. Außerdem will ich deine bemitleidenswerte Visage nicht sehen«, flüsterte er ihr zu und sie gehorchte, ein letztes Mal.

# 30

## Elara

Langsam zog sie sich am Treppengeländer hinauf zu ihrer Wohnung. Sie war am Ende. Ihre Tochter war allem Anschein nach tatsächlich entführt worden und vor ihrem inneren Auge sah sie die Leiche im Wald, über die sie gestolpert war. Das Gesicht zu einer schreienden Fratze verformt, die Augen weit aufgerissen. Ihr Gehirn spielte ihr einen Streich, denn plötzlich wurde aus dem fremden Gesicht ein vertrautes. Plötzlich lag dort nicht mehr irgendein Mädchen, sondern ihr Kind. Charlotte, unter Blättern und Ästen abgelegt, mit blutverkrusteten Beinen.

Sie rang nach Luft. Ihre Kehle schnürte sich zu. Japsend schleppte sie sich ins Badezimmer und stieg in die Wanne. Mit zittrigen Händen drehte sie den Wasserhahn auf und kaltes Wasser sprudelte aus dem Duschkopf auf ihren Körper. Ihre Atmung beschleunigte sich noch weiter, sie hyperventilierte. So lange es ging, wollte sie das eiskalte Wasser aushalten, jedoch drehte sie den Hahn nach wenigen Augenblicken zu und blieb in ihren schweren, nassen Anziehsachen in der Wanne sitzen, mit angewinkelten Beinen, die Arme um ihre Knie geschlungen, den Kopf vergraben.

Erst als sie durch die Kälte unkontrolliert zitterte, erhob sie sich aus der Wanne und streifte die nassen Sachen von ihrem Körper. Nackt stand sie vor dem Badezimmerspiegel und betrachtete ihre elende Gestalt. Die Lippen blau verfärbt, bebend. Das Haar klebte ihr in

Strähnen im Gesicht. Gänsehaut überall am Körper. Die Augen trüb und leer.

Langsam und schwankend ging sie ins Schlafzimmer, zog sich etwas an und rief dann Robert an. Sie musste wissen, ob es etwas Neues gab, doch als sie ihn nach all den Dingen fragte, blockte er ab: »Ich kann dir nichts sagen. Ich weiß selbst nichts. Die Bullen stecken mitten in den Ermittlungen und auch Arno hält sich bedeckt. Ich werde hier noch wahnsinnig.«

So emotional hatte sie ihren Exmann noch nie sprechen gehört. Ein Funke Mitleid überkam sie und sie wunderte sich, dass sie nach all der Scheiße noch solche Gefühle für ihn übrighatte.

Kurz darauf erinnerte sie sich an einen Spruch, der ihr einmal eine Klassenkameradin in das Poesiealbum geschrieben hatte: *»Reden ist Silber. Schweigen ist Gold.«*

Schweigen. Stille. Tod.

Eine Gänsehaut überkam sie, als sie länger darüber nachdachte und im Begriff war, Gefallen daran zu finden.

»Ich hoffe, sie finden dieses Dreckschwein und machen ihn kalt. Er soll an seinem Schwanz ersticken!«, sprudelte es anschließend aus ihr heraus. Nie hatte sie solche Sachen gedacht, geschweige denn gesagt, aber in ihr begann es unaufhaltsam zu brodeln. Es war, als würde etwas, das tief verborgen in ihren Eingeweiden hauste, mit aller Kraft den Weg nach draußen suchen.

»Ich melde mich.« Robert legte auf, ohne ihr Gesagtes in irgendeiner Form zu kommentieren.

Eine gefühlte Ewigkeit lief Elara im Wohnzimmer auf und ab. Den Nachrichtensender eingeschaltet, das Smartphone in der Hand. Im halbstündigen Takt wurde von einem vermissten Mädchen berichtet. Das Foto ihrer Charlotte dauerhaft am unteren Bildschirmrand angezeigt. Immer wurde dasselbe berichtet. Es gab keine neuen Hinweise. Auch nach Stunden nicht. Weinend blieb sie vor einem der Wohnzimmerfenster stehen. Ob sie eine Beruhigungstablette einwerfen sollte? Sie schüttelte den Kopf. *Es muss anders gehen.*

Wie lange würde sie noch warten und im Wohnzimmer umherlaufen, ohne etwas zu tun? Schlagartig wurde ihr klar, dass sie nicht länger auf die Wohnung aufpassen wollte. Verdammt noch mal, sie musste etwas tun! Ihre Tochter war irgendwo da draußen und sie musste sie suchen. Auch wenn es hieße, dass niemand daheim wäre, sollte Charlotte aus irgendeinem Grund doch nach Hause kommen. Vorsichtshalber würde sie ihr einen Zettel hinterlassen. Darüber hinaus würde sie Annelise in Kenntnis setzen und sie bitten, das Kind einen Moment bei sich aufzunehmen, bis sie wieder daheim eintraf. Elara konnte einfach nicht mehr nichts tun.

Sie lief ins Schlafzimmer und öffnete den Kleiderschrank. Auf der obersten Ablage lag ein Rucksack, in den sie etwas zu trinken einpacken wollte. Sie würde so lange suchen, bis sie ihr Kind fand. Und wenn es Tage dauern würde. Auf Zehenspitzen musste sie sich stellen, um an den Rucksack zu kommen. Nach mehrmaligen Versuchen, das Teil zu greifen, gelang es ihr schließlich. Ruckartig riss sie ihn herunter und erschrak, als ein staubiger, alter Schuhkarton ebenso mit herunterfiel und sich das Innere auf dem Boden verteilte. Nach der Scheidung hatte sie den Karton aus dem Keller geholt und oben im Schrank verstaut. Irgendwann wollte sie sich die Fotos darin ansehen und hatte es bis jetzt verdrängt. Während sie die herausgefallenen Bilder zurücklegte, huschte ihr Blick über die eine oder andere Aufnahme. Auf dem einen Foto erkannte sie ihren Vater, der gemeinsam mit ihrer Mutter vor einem Baum posierte. Glücklich. Auf einem anderen hielt er sie als Baby auf dem Arm. Seinen Blick auf das Neugeborene gerichtet. Lächelnd. Die Hälfte der Aufnahmen hatte sie bereits zurück in den Schuhkarton gepackt, als sie abrupt innehielt und kreidebleich wurde. Von einer Sekunde auf die andere, brach das Kartenhaus zusammen. Ihre Albträume waren keine Hirngespinste, die sie Nacht für Nacht quälten. Es waren grauenvolle Erinnerungen, die sie, schwarz auf weiß, in der Hand hielt.

***

Mit dem Foto in der zittrigen Hand wählte sie die Nummer ihrer Mutter. Hoffentlich hob sie ab. Lange hatte sie nicht mehr mit ihr gesprochen. Würde sie ihr überhaupt zuhören?

»Heinzer?« Die Stimme ihrer Mutter klang belegt.

»Hallo, Mama, ich bin es.«

»Um Himmels willen, was ist bei euch los? Ich habe versucht, dich zu erreichen, Kind. Was ist mit Charlotte? Wo ist sie? Ich habe es in den Nachrichten gesehen. Herrgott, wieso hast du mir denn nichts gesagt? Ich bin krank vor Sorge. Hatte sogar schon überlegt, mich in den Zug zu setzen und …« Elara unterbrach ihre Mutter.

»Entschuldige, aber ich muss dich etwas fragen. Es ist wirklich dringend.« Sie schilderte ihrer Mutter den Verdacht.

»Ach, du lieber Gott. Glaubst du wirklich? Warte kurz, ich suche dir die Adresse raus.« Es dauerte nicht lange, da war sie wieder am Hörer und gab die Adresse durch.

»Danke. Ich melde mich bei dir. Mach dir keine Sorgen, es wird alles gut werden. Versprochen.«

»Dein Wort in Gottes Ohr, mein Kind.« Kurz verabschiedete sie sich von ihrer Mutter und lief zurück ins Schlafzimmer. Sofort griff sie sich den Rucksack, füllte ihn, und machte sich auf den Weg, zu der angegebenen Adresse. Ihr Puls raste, ihre Hände schwitzten. Der Moment war gekommen, an dem sie ein Bindeglied aus der Kette lösen und ihre Tochter finden konnte.

# 31

## Elara

Während der gesamten Fahrt fügte sich ein Puzzleteil nach dem anderen zusammen und der graue Schleier lichtete sich. Je näher sie ihrem Ziel kam, desto mehr erinnerte sie sich an jene Zeit und ließ sie erschaudern.

***

Juli 1992. Es war ein lauer Sommerabend. Die gepackten Koffer standen bereits im Flur und mussten nur noch ins Auto geladen werden.

Sie saß mit ihrem Kuschelhasen im Flur auf dem Boden und wartete auf ihre Mutter und ihren Stiefvater, die sich für einen Moment ins Schlafzimmer verzogen hatten. Was sie dort taten, wusste Elara nicht und sie würde es auch nicht erfahren. Ihr Stiefvater hatte ihr gesagt, dass sie eine Belohnung erwarten würde, wenn sie unten im Flur blieb und nicht ins Schlafzimmer käme – und das tat sie. Manchmal hörte sie zwar einen kurzen Aufschrei und anschließendes Stöhnen, was ihr Sorgen machte, aber sie hielt das Versprechen.

Wenn es im Schlafzimmer Erwachsenenkram zu machen gab, dann hatte sie als Kind dort nichts verloren. Zumindest hatte ihre Mama ihr das immer und immer wieder gesagt. Das Schlafzimmer war grundsätzlich in jeglicher Lebenslage tabu für sie. Selbst wenn sie mal einen Albtraum hatte, durfte sie sich nicht an ihre Mama ins Bett kuscheln. Stattdessen kam ihr Stiefvater und erlaubte ihr, noch eine Seite der Kassette zu hören. Das half dann meistens. Es war gut, dass er da war. Er kam immer auf die besten Ideen, wenn es einem schlecht ging.

Generell war alles anders, seit er bei ihnen wohnte. Ihre Mutter lächelte öfter und war nicht mehr ganz so streng wie vorher. Und auch Elara fühlte sich nicht mehr so fehl am Platz. Sie bekam Streicheleinheiten und wurde oft liebkost. Zwar erhielt sie das alles von ihm, aber das machte nichts.

Endlich öffnete sich die Tür und beide eilten die Stufen hinunter.

»Na komm, wir müssen los«, sagte ihre Mutter, griff sich einen Koffer und lief zum Auto.

Elara saß noch immer auf dem Boden und blickte ihrer Mutter hinterher. So schnell konnte sie gar nicht reagieren, wie die aus der Tür geeilt war. Plötzlich griff ihr jemand unter die Arme und hob sie hoch. Ihr Stiefvater küsste ihre Wange und trug sie zum Auto. Beim Anschnallen streifte seine Hand ihren Schambereich und er gab ihr erneut einen Kuss.

Während der Fahrt sah sie aus dem Fenster und freute sich über das Farbenspiel des Sonnenuntergangs. In ihrem Arm hielt sie ihren Stoffhasen fest. Der durfte bei der Reise nicht fehlen. Na ja, eigentlich durfte er nie fehlen. Er war ihr bester Freund und ihr treuer Wegbegleiter, seit sie lebte.

Während des gestrigen Abendessens hatte ihre Mutter ihr gesagt, dass sie einige Tage ohne sie wegfahren würden und sie für die Zeit woanders übernachten musste. Zuerst war sie traurig und fühlte sich allein gelassen, aber als ihre Mama schließlich sagte, dass sie im Anschluss gemeinsam Urlaub machen würden, ging es ihr bereits viel besser und sie freute sich auf die kommenden Tage.

Nach kurzer Zeit hielt der Wagen an und alle stiegen aus. An der Tür begrüßten sich die Erwachsenen herzlich und zugleich verabschiedeten sich die Eltern von Elara. Natürlich flossen bei ihr ein paar Tränen, denn noch nie war sie von ihrer Mutter getrennt gewesen. Kurz darauf aber trockneten sie wieder, als ihr eine Tasse heiße Schokolade und Kekse angeboten wurden.

»So, meine Süße. Wer von uns beiden soll dir denn dein Zimmer für die nächsten Tage zeigen?«, fragte die Frau im mittleren Alter und zeigte auf sich und den Mann, der neben ihr am Küchentisch saß. Elara brauchte gar nicht lange überlegen und entschied sich für sie.

Das abendliche Ritual war schnell erledigt. Die Zähne waren geputzt, der Schlafanzug angezogen und Hasi ins große Gästebett gelegt.

»Möchtest du eine Gute-Nacht-Geschichte hören?«, fragte sie und lächelte Elara liebevoll an. Natürlich wollte sie das. Ohne war das Einschlafen fast unmöglich. Als die Geschichte fertig erzählt war und Elara gerade an die Tür des Traumlandes klopfen wollte, wurde sie geweckt und erhielt eine Nachricht, die ihren Aufenthalt dort zur Hölle machen sollte.

***

Am nächsten Morgen glaubte sie, das Gehörte wäre auf dem Weg ins Traumland zu ihr gedrungen und nicht real gewesen, doch als sie ihre Augen einen kleinen Spalt öffnete und im Türrahmen seine Silhouette sah, gab ihr die Realität eine saftige Ohrfeige.

Nur in Unterwäsche gekleidet stand er da und starrte sie an, die Hand in die Unterhose getaucht und an seinen Eiern spielend. Zuerst stellte sie sich schlafend, doch ihre kindliche Unruhe ließ das nicht lange zu und schließlich öffnete sie ihre Augen. Den Blick hatte sie auf seinen Schritt gerichtet.

»Oh, guten Morgen.« Ertappt zog er die Hand aus der Hose und kreuzte die Finger ineinander. »Ich habe uns Frühstück gemacht. Zieh dich an und komm runter.« Schnell wendete er sich ab und stieg die Treppe hinab.

Elara lag wie angewurzelt im Bett und erzählte ihrem Stofftier, was sie soeben gesehen hatte. Unwohlsein breitete sich in ihr aus, aber auch der Hunger. Also schlüpfte sie in ihre Anziehsachen und stieg mit Hasi zusammen die Treppe hinab.

Er saß bereits in der Küche und trank eine Tasse Kaffee, als er sie erblickte und über beide Ohren lächelte.

»Ich hoffe, du hast gut geschlafen«, begann er umgehend.

»Ja, schon«, antwortete sie verhalten und aß anschließend ihr Müsli. Das komische Gefühl ließ sie auch nach Stunden nicht los und je länger sie ganz dicht neben ihm auf dem Sofa sitzen musste, desto mehr wünschte sie sich ihre weibliche Verstärkung zurück. Dass die ausgerechnet in den paar Tagen, an denen sie zu Besuch sein würde, zur Schwester fahren musste, stimmte sie traurig.

Gemeinsam sahen sie sich den einen oder anderen Cartoon an, während seine Hand auf ihrem Bein ruhte. Elara bewegte sich keinen Millimeter und atmete flach. Fest glaubte sie daran, unsichtbar zu sein und von ihm vergessen zu werden, wenn sie sich auf diese Weise verstellte. Wenn sie genauso mit ihrem Stiefvater auf dem Sofa saß, fühlte es sich nicht so falsch an, wie in diesem Augenblick. Er streichelte ihr Bein. Das gefiel ihr gar nicht, also entschuldigte sie sich und ging zur Toilette. Sie tat so, als würde sie pinkeln. Dann wusch sich extra gründlich die Hände, um die Zeit hinauszuzögern. Doch als ihr nichts mehr einfiel, um noch länger auf der Toilette zu verweilen, schloss sie die Tür auf und verließ das Bad. Hasi drückte sie dabei völlig verängstigt an sich.

Er stand mitten im Wohnzimmer, die Hose heruntergelassen und mit den Händen an Hoden und Penis spielend. Sein Blick machte ihr unmissverständlich klar, dass er von ihr erwischt werden wollte. Einige Sekunden standen sie sich gegenüber. Sie bewegungsunfähig, er spielend, bevor er sich bückte und seine Hose hochzog. Es schien ihm Freude zu bereiten, wie Elara ihn ansah, wenn er von ihr beim Sackspielen erwischt wurde.

»Was hältst du davon, wenn wir uns was zu essen machen?« Er lächelte, klatschte in die Hände und ging in die Küche, aus der er ihr noch zurief: »Möchtest du mir beim Kochen helfen?«

Elara kochte gern und half ihrer Mutter, so oft sie es ihr erlaubte, mit, doch in diesem Moment wollte sie nicht helfen. Am liebsten wäre sie hinauf ins Zimmer gegangen und hätte die Tür verschlossen. Wenig später wünschte sie sich sogar, sie hätte es getan, denn kurz nach dem Essen fand sie sich in einem düsteren und stinkenden Keller wieder.

»Du weißt, dass ich dich lieb habe, oder?« Ängstlich blickte sie zu ihm auf und schluchzte. Er zeigte ihr einen Tisch mit zwei Stühlen und war bemüht, ihr das alte Bett mit der unbequemen Matratze schönzureden. »Hier unten wird es viel besser werden als oben in dem langweiligen Gästezimmer. Ehe du dich versiehst, hast du dich hier eingelebt.« Langsam wendete er sich zum Gehen, als er sich doch noch einmal umdrehte und sie eindringlich ansah. »Alles was hier in dem Keller passiert, bleibt unser Geheimnis. Indianerehrenwort?« Sie nickte stumm.

Dann drehte er sich erneut auf dem Absatz um, stieg die Stufen hinauf und ließ sie für den Moment allein.

Was in den nächsten Tagen passierte, würde Elara für eine sehr lange Zeit ausblenden. Sie verlor jegliches Zeitgefühl und die Kontrolle über ihr Schlafverhalten und sich selbst, doch bevor er sie ganz brechen konnte, öffnete er ein letztes Mal die Kellertür und bat sie, hinaufzukommen. Behutsam lotste er sie ins Badezimmer, ließ ihr ein heißes Bad ein und verließ den Raum.

»Lass dir so viel Zeit, wie du möchtest. Du hast es dir verdient«, erlaubte er ihr etwas ungestörte Zeit, bevor er die Tür zuzog und sie tatsächlich nicht mehr behelligte.

Nach dem Bad band sie sich ein Handtuch um und lief die Treppe hinauf ins Gästezimmer, wo ihre Klamotten lagen. Als sie das neue Kleid auf dem Bett liegen sah, war sie sich nicht sicher, was sie tun sollte.

»Das ist ein Geschenk für dich. Zieh es ruhig an, es gehört dir.« Mit verschränkten Armen stand er im Türrahmen und betrachtete sie dabei, wie sie sich das Kleid überzog.

»Einfach toll. In dem weißen Spitzenkleid mit den süßen Rüschen am Saum, siehst du richtig hübsch aus.« Es gefiel ihr gut und sie fühlte sich sogar wohl darin, doch wollte sie ihm das nicht zeigen. Nicht ihm.

Bevor die Situation wieder unangenehm für sie werden konnte, läutete es an der Tür und ihre weibliche Verstärkung betrat das Haus. Elara lief weinend auf sie zu und umarmte sie fest.

»Ach Gottchen, hast du mich so vermisst?« Sie konnte nur nicken und umklammerte ihre Hüfte.

»Das Kleid sieht ja fantastisch aus, Kind. Komm, lass uns ein Foto davon machen. Oder am besten zwei.«

Zielstrebig griff sie in ihre Reisetasche und holte eine alte Polaroid Kamera heraus.

»Setz dich doch auf seinen Schoß, das wird ein tolles Foto werden.« Widerwillig setzte sich Elara auf den Schoß des Mannes und presste ein Lächeln heraus. Die paar Sekunden auf ihm, kamen ihr vor wie eine Ewigkeit und sie konnte es kaum abwarten, ihre Mama wiederzusehen und von diesem Ort zu verschwinden.

***

Sobald sie mit ihrer Mutter und ihrem Stiefvater den schrecklichen Ort verlassen hatte, verblassten ihre Erinnerungen daran und waren im Begriff nie mehr ans Licht zu kommen. Bis zu dem Moment, in dem ihre Albträume begannen.

***

Ihre Sicht war verschleiert und sie musste für einen Moment am Straßenrand anhalten. Hätten sich ihre Eltern nicht damals mit den beiden zerstritten und der Kontakt wäre weiterhin bestehen geblieben, hätte sie ihn ständig sehen müssen und wer wusste, was dann noch alles geschehen wäre.

*Wie konnte ich das vergessen? Wieso habe ich nicht dafür gesorgt, dass der Kerl hinter Gitter kommt?* Alles Fragen, die sie sich selbst zu beantworten wusste. Sie war ein achtjähriges Mädchen mit viel Fantasie gewesen und wer hätte schon geglaubt, dass das Böse einem so nahe war?

# 32

## Norbert

Pfeifend lief er durch das Haus. Im Ofen erwärmte sich ein leckerer Käsekuchen. Immerhin selbst gekauft, wenn schon nicht selbst gebacken, denn dazu fehlte ihm das nötige Talent. Schließlich sollte diese süße Sünde schmecken und nicht verschmäht werden. Einmal hatte er einen Kuchen selbst gebacken. Es war das Widerlichste, was er jemals gegessen hatte. Der Kuchen knirschte beim Kauen, da er wohl die eine oder andere Eierschale mit gebacken hatte und der Boden war schwarz wie die Nacht. Ein zweites Mal würde er das sicher nicht versuchen. Da wusste er Besseres mit seiner Zeit anzufangen.

***

Als er am Morgen durch den Supermarkt schlenderte, um den Kuchen und ein paar weitere Dinge für die nächsten Tage zu besorgen, hatte er das Bedürfnis gespürt, anschließend noch etwas durch die Gegend zu fahren. Sein Auto lenkte er zur Grundschule, die nicht weit von dem Spielplatz entfernt war, zu dem er vor gut einer Woche gefahren war, um nach seinem imaginären Hund zu suchen. Es war so unglaublich einfach gewesen. Viel einfacher, als er gedacht hatte. Und dabei war er sich sicher gewesen, so ein leichtes Spiel nur einmal haben zu können, nämlich als er sich Sophie holte. Glücklicherweise wurde er eines Besseren belehrt. Kinder waren naiv und diese Naivität konnte er sich zu nutzen machen. Er überlegte nicht lange, stieg aus dem Wagen aus und schlenderte auf das Gebäude zu. In seinem Keller warteten noch ein paar Puppen darauf, eine Stimme zu bekommen und sein Bedürfnis, an einer kleinen, engen, nach Erdbeere duftenden Vagina zu riechen, stieg von Minute zu Minute weiter an. Dieses Mal aber würde er seinem Freund garantiert nichts davon erzählen, oder ihn um Hilfe bitten. Er würde ganz allein mit dem Kind fertig werden. Bis zum Schluss. Und da musste es ihm völlig egal sein, was sein Gewissen dazu sagte. Seine Gier überwog inzwischen alles. Er hatte Blut geleckt und war süchtig nach der verbotenen Frucht geworden. Nur ihre Stimme aufzunehmen, ihnen anschließend Süßes in die Hand zu drücken und sie laufen zu lassen, hatte endgültig seinen Reiz verloren und er war sich sicher: Noch einmal würde er nicht so viele Jahre ins Land verstreichen lassen, ehe er sich die Nächste holte.

Als er die Stufen zum Eingang hinaufstieg, fragte er sich, wie naiv manche Lehrer wohl sein mochten. Er wollte sie auf die Probe stellen. Ob sie ihm ein Kind mitgeben würden, wenn er ihnen das Blaue vom Himmel log? Er setzte seine dunkelblaue Kappe auf und zog sie sich, wie immer, tief ins Gesicht. Doch bevor er durch die Tür treten konnte, erweckte etwas seine Aufmerksamkeit, das ihn zunehmend nervös machte.

***

»Verdammt«, stieß er aus, als er beim Herausheben des Kuchens, das Backblech berührte. Ein kurzer Zischlaut, gefolgt von einem weißen Strich auf der Handfläche. Mit schmerzverzerrtem Gesicht warf er einen Blick auf seine Hand und das leicht verbrannte Fleisch und drehte genervt den Wasserhahn auf. Kurz hielt er seine Hand darunter, was den brennenden Schmerz sofort linderte. Anschließend drehte er ihn wieder zu und trocknete sich die Hand ab.

Zornig eilte er ins Badezimmer, um sich eine Salbe auf die verbrannte Stelle zu schmieren. Doch bevor er das Bad erreicht hatte, klingelte es an der Tür. Sofort hielt er in seiner Bewegung inne. Bestellt hatte er nichts und Besuch bekam er auch so gut wie nie. Wer also war an der Tür? Langsam ging er darauf zu und öffnete sie einen Spalt.

»Guten Tag. Entschuldigen Sie die Störung. Ich bin mit meinem Auto stehen geblieben und habe mein Smartphone zu Hause vergessen. Dürfte ich mal Ihr Telefon benutzen, um den Pannendienst anzurufen?«

Norbert stutzte, warum wurde ausgerechnet bei ihm geklingelt und nicht einfach ein Haus weiter bei den Nachbarn? Zögerlich trat er beiseite und zeigte mit dem Kinn auf das Telefon, das im Flur an der Wand hing, gleich neben der Kellertür. Er schluckte schwer, ließ sich aber nichts anmerken. Unauffällig stellte er sich an die Treppe, die ins oberste Stockwerk führte und hoffte inständig, dass die Alte keinen Mucks von sich gab.

Während der ungebetene Gast telefonierte, beobachtete er ihn und ein merkwürdiges Gefühl breitete sich in seinen Gedärmen aus. Er wusste es nicht einzuordnen, bemühte sich aber, nicht länger darüber nachzudenken und konzentrierte sich stattdessen, nicht so zu wirken, als würde er irgendetwas verbergen.

Am liebsten hätte er die Bitte verneint, sein Telefon nutzen zu dürfen, aber was wäre er dann für ein unauffälliger netter Nachbar gewesen? Er musste die aufgesetzte Normalität unbedingt beibehalten und so ließ er jemand Wildfremdes in sein Haus. In das Haus, in dem sich im ersten Stock eine sich selbst verdauende, faulende Frau und im Keller ein ganzes Arsenal von Kinder-Sexpuppen befanden, von den möglichen DNS-Spuren der letzten Gäste ganz abgesehen.

»Vielen Dank. Der Pannendienst ist unterwegs. Ich warte dann draußen im Wagen auf ihn. Guten Appetit.« Er stutzte.

»Entschuldigung?«

»Es riecht nach frisch gebackenem Kuchen. Es ist zwar eine ungewöhnliche Zeit zum Kuchen essen, aber wenn einen der Heißhunger überkommt …«

Norbert nickte leicht und zwang sich zu einem freundlichen Grinsen. Erst als er die Tür schloss, prustete er erleichtert aus und das Lächeln verschwand wie auf Knopfdruck. Keine unerwünschten Vorkommnisse. Das ging noch mal gut aus. Noch einmal sah er durch den Spion, um sich zu vergewissern, dass die Person wirklich zu ihrem Auto zurückgegangen war und sah sie tatsächlich im Wagen sitzen und auf den Pannendienst warten. In seine Gedanken versunken, kratzte er sich an der Hand und zog die Luft durch seine geschlossenen Zähne. Er hatte mit seinen dreckigen Fingernägeln die Brandwunde aufgekratzt. Mit schmerzverzerrtem Gesicht lief er in sein Badezimmer, cremte sich die Wunde ein und klebte zur Vorsicht ein Pflaster darauf. Anschließend ging er wieder in die Küche und war im Begriff, von seinem, noch immer sehr warmen, Kuchen zu kosten, als er ein untypisches Geräusch vernahm. Es klang wie ein dumpfer Aufprall. Ein Klacken. *Wo kam das her?* Er hielt inne und war bemüht, es zu lokalisieren.

»Hallo?«, fragte er in Richtung Eingangstür, bekam aber keine Antwort. Aufmerksam verließ er die Küche und kontrollierte die Kellertür. Sie war noch immer fest verschlossen. Anschließend warf er einen weiteren Blick durch den Spion und stutzte. Das stehen gebliebene Auto war nicht mehr da.

*Das ging ungewöhnlich schnell.* Na ja, er selbst musste noch nie von einem Pannendienst Gebrauch machen, weshalb es für ihn schwierig einzuordnen war, wie schnell diese vor Ort waren und arbeiteten. Vielleicht sprang der Wagen auch wieder von allein an, bevor der Pannendienst eintraf. Es war alles möglich, deshalb machte er sich auch nicht länger Gedanken darüber und stieg als Nächstes die Treppe hinauf. Geradewegs ging er auf das Schlafzimmer zu, in dem die Alte lag. Er öffnete die Tür einen Spalt und spähte hindurch. Dort lag sie. Friedlich schlummernd inmitten von Schläuchen und piependen Gerätschaften.

*Von hier kam das Geräusch also nicht*, stellte er fest und stieg verunsichert die Treppe hinab. Vermutlich hatte er es sich auch nur eingebildet, oder?

Abrupt blieb er auf dem Treppenabsatz stehen und starrte zur Kellertür. Der Riegel war zurückgeschoben und die Tür stand einen Spalt weit offen. Er begann zu schwitzen und konnte sich keinen Millimeter rühren. Jemand war in seinem Keller.

# 33

## Elara

Als sie vor der angegebenen Adresse parkte, überkam sie ein tiefes Fluchtgefühl, dem sie gern nachgegangen wäre. Jedoch half alles nichts, sie musste nachsehen, ob sich ihre kleine Charlotte in diesem Horrorhaus befand.

Mit zittrigen Knien verließ sie den Wagen und stieg die Veranda hinauf. Ihre Kehle schnürte sich zu, als sie auf die Klingel drückte. Ein schriller Ton breitete sich im gesamten Haus aus. Angestrengt lauschte sie, um Schritte vom Inneren auszumachen. Sie erschrak, als plötzlich die Tür einen Spaltbreit geöffnet wurde. Braune, fast schwarze Augen starrten sie an. Ihr Herz setzte kurz aus, ehe es doppelt so schnell weiterschlug.

»Guten Tag. Entschuldigen Sie die Störung. Mein Auto ist stehen geblieben und ich habe mein Smartphone zu Hause vergessen. Dürfte ich mal Ihr Telefon benutzen, um den Pannendienst anzurufen?«

Angestrengt bemühte sie sich, gefasst zu wirken. Mit Erfolg, denn er öffnete ihr tatsächlich die Tür. Den Pannendiensttrick hatte sie bereits in etlichen Filmen gesehen und es schien, auch in Wirklichkeit zu funktionieren.

Mit dem Kinn zeigte er auf ein veraltetes Schnurtelefon. Es hing an der Wand, gleich neben einer Tür, an der ein Riegel vorgeschoben war. Sofort gingen ihre Alarmglocken an. Ob sich Charlotte hinter der verriegelten Tür befand?

Sie tat so, als würde sie die Nummer des Pannendienstes wählen, und gaukelte dem Mann – der sie ununterbrochen anstarrte – vor, mit jemandem zu telefonieren. Währenddessen strengte sie sich an, Geräusche auszumachen. Klopfgeräusche, Wimmern, irgendetwas, was auf die Anwesenheit ihrer Tochter deuten konnte, doch zu ihrem Leidwesen konnte sie nichts hören. Niedergeschlagen beendete sie das imaginäre Gespräch, drehte sich zu dem beängstigenden, großen, in die Jahre gekommenen Mann um und sah ihm direkt in die Augen. In diese düsteren, fast schwarzen Augen.

»Vielen Dank. Der Pannendienst ist unterwegs. Ich warte dann draußen auf ihn. Guten Appetit.« Elara wollte, an ihm vorbeihuschen, als er das erste Wort zu ihr sprach.

»Entschuldigung?« *Mist*, dachte sie. *Das hätte ich mir klemmen müssen.* Sie schluckte und lächelte ihn angestrengt an. Ihr Puls raste und sie hatte Mühe, nicht auffallend zu wirken.

»Es riecht nach frisch gebackenem Kuchen. Es ist zwar eine ungewöhnliche Zeit zum Kuchen essen, aber wenn der Heißhunger einen überkommt …« Sie brach ab. Genug geredet. *Lächle!* Sie nickte ein letztes Mal, dann lief sie zielstrebig auf ihren Wagen zu. Die Haustür war bereits verschlossen, aber sie spürte seine Blicke in ihrem Rücken. N*icht umdrehen*, ermahnte sie sich und stieg in ihren Wagen. Unbemerkt sah sie auf ihr Smartphone, in der Hoffnung, Robert hätte versucht, sie zu erreichen, aber natürlich stand kein Anruf in Abwesenheit auf dem Display. Sie legte das Smartphone auf die Seite und startete den Motor. In der Hoffnung, nicht weiter von ihm beobachtet zu werden, fuhr sie ein Stück die Straße hinauf, bis sie, nur ein paar Meter weiter, eine freie Parklücke gefunden hatte. Entschlossen griff sie ihren Rucksack und erstarrte. Eine Welle der Verzweiflung überflutete ihre Sinne und sie brach in Tränen aus.

Sofort, da er die Tür öffnete, hatte sie ihn erkannt. Vor ihrem inneren Auge sah sie ihn neben sich liegend, schwer atmend, nackt. Angewidert presste sie die Augen zusammen und schluckte die Galle herunter. Ihr Albtraum hatte soeben vor ihr gestanden.

# 34

**Elara**

So schnell und unauffällig wie möglich, rannte sie zum Haus zurück und entdeckte ein offen stehendes Fenster im Erdgeschoss. Über ihr Gesicht huschte ein leichtes Lächeln.

Mehrfach sah sie sich um, und stieg anschließend durch das offene Badezimmerfenster. Sie wagte kaum, zu atmen. Auf dem Waschbeckenrand lagen eine offene Tube Wundsalbe und Pflaster. Vorsichtig näherte sie sich der Tür und machte Geräusche in der Küche aus. Ihr Herz pochte wie wild, als sie die Klinke in die Hand nahm.

Ein Klacken.

Sofort zog sie die Hand von der Klinke und hielt die Luft an.

»Hallo?«, vernahm sie seine Stimme. Die Schritte kamen näher und entfernten sich wieder. Sie rührte sich nicht und starrte auf die Klinke. *Was soll ich tun, wenn er hier zuerst nachsieht?* Hektisch sah sie sich um und atmete erleichtert aus, als sie feststellte, dass er, zu ihrem Glück, die Stufen in den ersten Stock hinauflief.

Das war ihre Chance! Wieder umfasste sie die Klinke und drückte sie runter. Die Tür öffnete sich geräuschlos. Mit Bedacht sah sie sich im Flur zu beiden Seiten um und wagte es nicht zu atmen. Ihr Puls raste. Das Ziel: der Keller.

Sie zog den Riegel beiseite, öffnete die Tür und sah in die Dunkelheit. Das Fluchtgefühl überkam sie erneut, aber sie kämpfte dagegen an. *Ich muss da runter!* Aufmerksam stieg sie die Treppe hinab. Erst, als sie sich nähernde Schritte vernahm, beeilte sie sich und wäre beinahe heruntergestolpert, wenn sie sich nicht rechtzeitig am Geländer hätte festkrallen können.

Das einzige Licht, das in den Raum fiel, kam von der angelehnten Kellertür. Ansonsten war es stockfinster. Ihre Kehle schnürte sich zu, sie musste sich verstecken. Der Lichtkegel vergrößerte sich, als die Kellertür geöffnet wurde. Schnell huschte sie hinter die Treppe und presste sich gegen die Wand. Ein Flackern, dann wurde der Raum in ein gelbliches Licht getaucht. Erschrocken blickte sie sich um und war der Ohnmacht nahe, als sie erkannte, wo sie war. Auf der einen Seite stand das Bett ihrer wahrgewordenen Albträume und da war auch der Tisch mit den kleinen Stühlen. Nur eine Sache war anders: Der Raum war nicht kahl und trostlos. Er war kindlich gestaltet und glich einem Puppenhaus. Wo war sie da nur hineingeraten? Sie schluckte erschrocken, als sie die Puppen sah. Es war ihr nicht möglich, den Blick davon abzuwenden und rang krampfhaft nach Fassung. Erst, als sie auf einem weißen Schaukelstuhl die kleine Puppe mit den blonden Zöpfen und dem weißen Spitzenkleid mit den kleinen Rüschen am Saum sitzen sah, verlor sie endgültig die Contenance und stieß einen spitzen Schrei aus, der sogar den Mann zusammenzucken ließ, der soeben die Kellertreppe heruntergestiegen war.

Ruckartig drehte er sich zu ihr um, und starrte sie mit seinen dunklen Augen an. Einen Moment lang erstarrte er, doch dann machte er einen großen Schritt auf sie zu und griff, ohne Erfolg, nach ihrem Arm, denn auch Elara schnellte im selben Moment nach vorn und stieß ihn um. Blitzschnell erhob er sich wieder und stampfte ihr wutentbrannt entgegen. Kurzerhand griff sich Elara einen der Kinderstühle und schleuderte ihn gegen seinen Kopf. Erneut fiel er um und diesmal stand er nicht wieder auf. Er war bewusstlos und seine linke Augenbraue war aufgeplatzt. Binnen Sekunden schwoll sie an.

Elara zitterte am ganzen Körper, stellte den Stuhl zurück und sah zum Bett. Die Bettdecke war schmutzig und zerwühlt, das Kopfkissen löchrig und das Laken fleckig, genau wie in ihren Träumen. Und da war noch etwas anderes. Es hing an der Wand über dem Kopfende. Sie machte ein paar Schritte auf das Bild zu und wich sofort wieder zurück. Erschrocken hielt sie sich die Hand vor den Mund und schluckte die ersten Brocken Kotze herunter. *Durchatmen und nicht komplett ausflippen*, ermahnte sie sich. Auf dem Polaroidfoto erkannte sie sich selbst als kleines Mädchen. Ihr blondes Haar war zu zwei Zöpfen geflochten. Sie trug ein weißes Kleid, das zum Teil aus Spitze bestand und Rüschen am Saum hatte. Das kleine Mädchen lächelte und saß auf dem Schoß eines Mannes, der weder ihr Vater noch ihr Stiefvater war. Er lächelte ebenso in die Kamera und hatte seine Hände auf ihre Oberschenkel gelegt. Das Bild glich der Aufnahme, die sie in dem Schuhkarton gefunden hatte. Es war derselbe Moment, nur etwas eher oder später.

Angeekelt sah sie zu dem am Boden Liegenden hinüber. »Du warst das? Du Schwein, hast mir das alles angetan?«, flüsterte sie angestrengt. Am liebsten hätte sie geschrien und gewütet, aber sie wollte die Ruhe bewahren, so schwer es ihr auch fiel. Elara brauchte Antworten und vor allem wollte sie wissen, wo sich Charlotte befand.

Irgendwie musste sie ihn auf das Bett hieven und fixieren, solange er bewusstlos war. Sie griff dem Mann unter die Arme und schleppte ihn durch den Raum. Dann ging sie in die Hocke, stemmte den schweren Körper nach oben und zog ihn auf das Bett. Erst mit dem Oberkörper, dann mit dem unteren Teil. Anschließend nahm sie einige Kabelbinder aus ihrem Rucksack und zurrte seine Hand- und Fußgelenke an die metallenen Stangen fest. Inständig hoffte sie, dass das halten würde, und wartete darauf, dass er erwachte. Zu ihrer Freude kam er recht schnell zu sich.

Norbert regte sich schwerfällig und versuchte, seine Hände runterzunehmen, die Beine anzuwinkeln. Chancenlos. Dann öffnete er die Augen, blickte sich verwirrt um, er sah Elara und sein Blick verfinsterte sich. Er zerrte an den Fesseln und prustete vor Zorn.

Nun wollte sie keine Zeit mehr verlieren. Ihr brannte eine Frage auf der Zunge und sie würde ihre Antwort bekommen, egal, was sie dafür tun musste.

»Wo ist Charlotte?« Zischte sie in seine Richtung. Fragend sah er sie an. Elara ließ sich davon nicht beirren und fragte ihn gleich ein zweites Mal. Er zuckte mit den Schultern, aber sie kaufte ihm die Unwissenheit nicht ab.

»Ich frage dich das jetzt ein letztes Mal im Guten. Wo. Ist. Charlotte?«

»Ich weiß nicht, wovon du sprichst«, gab er patzig zurück und zog weiter an den Fesseln.

Ihre Ungeduld wuchs. Unbedingt musste sie ihn dazu bringen, zu reden, denn sie war sich sicher, dass er etwas wusste.

»Ich spreche von dem Mädchen, das du heute aus der Schule entführt hast.« Seine Augen weiteten sich. Treffer. *Er war es!* Jetzt musste sie nur noch herausfinden, wo er sie versteckt hielt.

»Wo ist sie?«, schrie sie ihn an und beugte sich vor. Noch immer zeigte er sich unbeeindruckt und zuckte mit den Schultern. Die Wut kroch ihr in den Brustkorb. Ihre Augen füllten sich mit Tränen. Sie musste anders an die Sache rangehen. Zielstrebig ging sie auf die Puppen zu, die eine Teeparty nachstellten und schmiss eine nach der anderen um. Erschrocken wich sie einen Schritt zurück, als sie Stimmen aus den Puppen vernahm.

»Lass das«, zischte er. »Hör auf damit und lass sie in Ruhe!« Provozierend trat sie gegen die Köpfe der Puppen.

»Was soll ich lassen? Das?« Wieder ein Tritt. Diesmal gegen ein Bein.

»Das kitzelt, Onkel Norbi«, trat es aus einer der Plastikkinder heraus.

Immer heftiger zerrte er an den Fesseln und Elara befürchtete, dass sie nicht mehr lange halten würden. Jedoch ohne eine Miene zu verziehen, stellte sie sich wieder an das Bett.

»Du sagst mir jetzt sofort, wo meine Tochter ist, sonst werde ich deine gesamte Sammlung in Brand setzen und du darfst dabei zusehen.« Von einem Moment auf den anderen hatte sich der Ausdruck in seinem Gesicht verändert. Aus einem unerschrockenen Mann wurde eine kleine, hilflose Maus, die von einer Katze in die Ecke gedrängt wurde.

»Schon gut. Schon gut! Bitte, tu ihnen nicht mehr weh. Sie sind alles für mich.«

»Wo?«

»Ich habe kein Kind aus der Schule entführt. Ich wollte es zuerst, aber das war mir dann doch zu riskant. Er hat sie. Er war es. Ich habe nichts damit zu tun. Das musst du mir glauben. Ich habe deine Tochter nicht entführt. Ich wollte … Also, ich hatte vor, ein Mädchen mitzunehmen, aber er war schneller als ich. Ich konnte nicht riskieren, ein weiteres aus der Schule zu entfernen.«

»Wer ist *er*?«

»Er hat … er ist … Ich darf doch nichts sagen. Das würde alles zerstören.«

Allmählich wurde es ihr zu bunt. Sie griff sich eine Puppe und riss ihr vor seinen Augen einen Arm aus.

Er heulte auf.

»Bitte nicht! Oh Gott, Anna. Meine Schöne. Bitte, ich werde alles sagen.« Ungeduldig wartete Elara einen Augenblick und sah ihm dabei zu, wie er heftig den Kopf schüttelte. Eine Antwort? Fehlanzeige. Sofort packte sie den anderen Arm und wollte schon daran reißen, als er den Namen in den Raum brüllte und schluchzend zusammensackte.

Das Blut rauschte in ihren Ohren. Hatte sie den Namen richtig verstanden? Sie fragte noch mal nach und taumelte nach hinten.

Völlig geschockt schmiss sie die Puppe auf den Boden und rannte die Stufen hinauf, verließ das Haus und stürmte auf ihr Auto zu. Sie musste Robert benachrichtigen.

Nach kürzester Zeit hob er ab.

»Was gibt es? Hör zu, ich habe noch immer keine Neuigkeiten für dich. Ich warte auch noch auf einen Anruf von …«

»Ich habe Informationen für dich, Robert«, unterbrach sie ihn und rang nach Luft. »Ich weiß, wer unsere Tochter hat! Ruf deinen Kumpel an und fahre mit ihm zur Schillerstraße 24.«

»Und wen sollen wir dort antreffen?«, fragte Robert ungeduldig und hörbar irritiert.

Sie wagte kaum, den Namen auszusprechen. Er brannte schärfer als Tabasco auf ihrer Zunge.

# 35

## Elara

»Doktor Ivan Pietrovic!«, schoss es schließlich aus ihr heraus. Doch erst, als Elara ins Telefon schrie, Robert solle sich beeilen und Arno anrufen, reagierte er.

»Ich rufe dich an, so… sobald wir unser Mädchen gefunden haben«, stotterte er und legte auf.

Derweil saß Elara in ihrem Auto und starrte auf das Display. Als Hintergrundbild hatte sie ein Foto von sich und Charlotte. Voller Angst heulte sie und betete, dass ihre Tochter noch lebend und unversehrt gefunden und Robert dieses Schwein fertigmachen würde. Zum ersten Mal empfand sie seine Gewaltausbrüche als äußerst nützlich. Sein Freund alias bester Mordermittler der Stadt würde ihn zwar mit ziemlicher Sicherheit zurückpfeifen, da er – trotz seiner sadistischen Züge – ein guter Ermittler war, der seine Arbeit liebte und ungern aufs Spiel setzte, aber sie hoffte, dass Robert einen anderen Weg finden würde, dem kranken Arschloch das Hirn rauszuprügeln.

Eine gefühlte Packung Taschentücher später klingelte ihr Smartphone. Elara zuckte zusammen und hob ab. »Und?«, fragte sie völlig aufgelöst, in der Hoffnung, Charlotte in Sicherheit zu wissen.

»Wir haben sie gefunden. Es geht ihr den Umständen entsprechend gut. Ihr ist nichts passiert. Wir kamen rechtzeitig. Haben sie jetzt zu meinen Eltern gebracht. Du kannst sie bald sehen, aber eine Sache wäre da noch«, hielt er sie zur Eile an. »Arno und ich haben die Sache allein in die Hand genommen und der gute Herr Doktor kauert jetzt im Kofferraum von Arnos BMW. Wo bist du?« Sie traute ihren Ohren nicht.

»Was habt ihr vor?«

»Wir wollen ihm zeigen, was man mit Menschen macht, die kleine Kinder entführen. Allerdings haben wir noch keine Idee, wo das Spiel stattfinden soll.«

Da brauchte sie gar nicht lange überlegen.

»Ich habe eine Idee. Kommt zum Ludgerus Weg 153. Ich warte dort auf euch.«

Umgehend stieg ihr das Blut in den Kopf. Dieser Abend nahm eine beängstigende Wendung.

***

Kurze Zeit später fuhr Arno seinen Wagen rückwärts die Einfahrt hoch. Möglichst unauffällig blickte Elara sich um und hoffte, niemand würde sie beobachten. Robert stieg aus und eilte zum Kofferraum.

»Na los. Hilf mir mal, Elara!«

»Was ist mit ihm? Wieso bleibt er im Auto sitzen?«

»Er hat seinen Job schon genug aufs Spiel gesetzt. Hat mich jetzt noch hierhergefahren, will aber nichts mehr davon wissen. Es ist ein Wunder, dass er überhaupt bis hierhin mitgemacht hat. Er betitelte das als *Freundschaftsdienst*. Los, pack dir die Füße.«

»Wieso bewegt er sich nicht? Ist er …«, brach sie ab.

»Er ist k. o., mehr nicht.« Beide hievten Pietrovics Körper aus dem Kofferraum und schleppten ihn die Veranda hoch. Im Flur legten sie ihn kurz ab. Robert eilte zum Auto zurück, schloss den Kofferraum und klopfte ein paarmal auf den Kofferraumdeckel. Sofort fuhr Arno los und verschwand um die nächste Ecke.

»Und, was machen wir jetzt?« Nachdenklich sah sie auf den bewegungslosen Körper. Die Nervosität brachte sie fast um den Verstand.

»Ich würde sagen, wir reden mal mit ihm«, entgegnete Robert und sah sich fragend um. »Wo sind wir hier überhaupt?« Elara prustete und kratzte sich am Hinterkopf.

»Komm mit in den Keller. Ich zeige es dir.«

# 36

## Elara

Kaum, dass sie den Keller betraten, ließ Robert den Psychologen hart auf dem Boden aufschlagen und blickte sich ungläubig um.

»Was zum …? Was ist das für eine Scheiße?« Er zeigte mit dem Finger auf die Puppen.

»Das sind Sexpuppen, Robert. Kinder-Sexpuppen.« Bis auf das klägliche Winseln des gefesselten Norberts war es erdrückend still in dem Raum. Robert, der noch gar nicht registriert hatte, dass jemand auf dem Bett lag, schnellte herum und sah angewidert zu dem Mann hinüber.

»Wer ist das? Hast du ihn an das Metallbett gefesselt?« Elara nickte und senkte den Blick.

»Siehst du die Puppe mit dem weißen Spitzenkleid und den geflochtenen blonden Zöpfen?« Roberts Blick flog über die Puppen, bis er die genannte auf dem Schaukelstuhl erblickte und nickte.

»Das soll ich sein.«

Zum ersten Mal seit Jahren sah er seine Exfrau mitleidig an. Ihm fehlten die Worte und auch auf dem Bett war kein Mucks mehr zu vernehmen. Sie spürte Norberts starren Blick auf sich und fühlte sich binnen Sekunden schmutzig und hilflos, klein und ängstlich. Unweigerlich musste sie an ihren Stoffhasen denken, den sie fest umklammerte, als sie in diesem Keller eingesperrt war. *Wo ist der eigentlich?* Kurz dachte sie darüber nach, dann fiel es ihr wieder ein. Ihre Mutter hatte ihn damals in den Kamin geworfen, als sie der Meinung war, Elara bräuchte keine Stofftiere mehr.

Sichtlich unwohl verschränkte sie die Arme vor der Brust und machte einen Schritt zurück.

»Ich hatte dir doch immer von meinen Albträumen erzählt, Robert. Es waren nicht nur Albträume, es waren Erinnerungen, die ich nicht zuordnen konnte, da mein Gehirn das Geschehene versuchte, komplett auszublenden. Ich weiß allerdings nicht, wieso ich noch lebe und nicht, wie die anderen beiden kleinen Mädchen, ermordet irgendwo abgelegt wurde.«

Noch immer stand Robert wie angewurzelt im Raum und sah sie ausdruckslos an. Während seiner damaligen Zeit als Mordermittler hatte er viel gesehen, aber das toppte alles.

»Ich konnte es nicht. Bei keinem der Mädchen konnte ich es tun«, meldete sich Norbert zu Wort. Robert und Elara sahen zu ihm hinüber. »Ich habe dich geliebt, Elara. Du warst so ein schönes, kleines Mädchen. Ich … habe dich gehen lassen, weil ich es nicht übers Herz brachte, dir wehzutun. Lange habe ich darunter gelitten, bis ich mir Jahre später meine erste Puppe gekauft und sie nach deinem Abbild habe fertigen lassen. Ich nenne sie Lissy. So, wie ich dich früher genannt habe, meine schöne, kleine Elara. Mein allerliebster Schatz.« Er seufzte und sie rang nach Luft. Seine Worte schnürten ihr buchstäblich die Kehle zu. Vor ihren Augen flackerte es, dann wurde alles schwarz und sie taumelte. Kurz bevor sie das Gleichgewicht verloren hätte und gefallen wäre, spürte sie einen festen Griff an ihren Armen. Leicht benebelt öffnete sie die Augen und sah in Roberts besorgtes Gesicht. Sie löste sich aus seinem Griff und packte das Treppengeländer, um Halt zu finden. Unter keinen Umständen wollte sie von ihm berührt werden, egal wie gut er es diesmal mit ihr meinte. Er hatte zu viel zerstört. In und an ihr. Sie war durch mit ihm. Das Einzige, was sie noch verband, war ihre gemeinsame Tochter.

Das leichte Aufbäumen des Psychologen versetzte Robert in Alarmbereitschaft. Die beiden mussten ihn irgendwo platzieren und fixieren, damit er nicht die Biege machen konnte. Schnell eilte er die Treppe hinauf, auf der Suche nach einer geeigneteren Sitzmöglichkeit, als die Kinderstühle.

Kurze Zeit später kam Robert mit einem Esszimmerstuhl wieder. Praktischerweise hatte dieser Armlehnen und wirkte aufgrund seines üppigen Gewichts stabil. Gemeinsam mit Elara setzte er den Psychologen darauf und band auch ihn mit Kabelbindern fest. Anschließend riss Robert ihm das Panzerband vom Mund. Ein paar Barthaare hafteten daran und die Stelle, an der das Band angeklebt war, leuchtete in einem tiefen Rot. Anschließend nahm er ihm die Augenbinde ab und blickte ihm wütend in die Augen.

Ivan Pietrovic gewöhnte sich schnell an das gelbliche Licht im fensterlosen Raum und verzog keine Miene, als er in das Gesicht des Ex-Ermittlers und seiner Angestellten blickte. Erst als er Norbert auf dem Bett liegen sah, schluckte er und rutschte nervös auf dem Stuhl hin und her.

»Willkommen, du miese Ratte.« Robert lächelte künstlich und beugte sich über den Psychologen. Er griff ihm grob in den Nacken und drückte fest zu. Ivans Gesicht verzog sich zu einer schmerzverzerrten Fratze.

»Na, dann erzähl mal. Warum hattest du unsere Tochter in deinem dreckigen Wandschrank versteckt gehalten? Was hattest du mit ihr vor?« Ivan schwieg und starrte auf die Treppe. *Eiskalt und abgebrüht*, ging es Elara durch den Kopf. So hätte sie ihren Chef niemals eingeschätzt. Er war immer freundlich und behandelte sie gut. Oh Mann, sie hatte ihm all ihre Probleme anvertraut und ihn sogar mitten in der Nacht zu sich nach Hause eingeladen, um sich bei ihm auszuheulen, und jetzt saß er gefesselt und angeklagt vor ihr. Wie konnte sie nur so dämlich sein? Leider konnte man Menschen grundsätzlich nur vor den Kopf gucken, niemandem konnte man blind sein Vertrauen schenken. Niemandem!

Sie blickte kurz zu Norbert hinüber, der sie von oben bis unten begutachtete. In seinem Blick machte sie eine perfide Form der Sehnsucht aus. Krampfhaft versuchte sie, es zu ignorieren, doch ihr Körper signalisierte ihr ein zu starkes Unbehagen. Ihr Magen drehte sich um, die Schweißdrüsen produzierten ununterbrochen neuen Schweiß, ihre Lunge nahm gefühlt keinen Sauerstoff mehr auf, die Muskeln kontrahierten und ließen sie unkontrolliert zittern. Jeden Augenblick würde sie in Panik ausbrechen und aus dem Haus rennen, aber das wollte sie nicht zulassen. Unter keinen Umständen wollte sie wieder fliehen und sich feige wegducken. Es war an der Zeit, dass sie sich ihrem Dämon stellte. Unbedingt wollte sie endlich in Freiheit leben und ahnte bereits, was dazu nötig war, auch wenn sie sich in dem Moment vor Ekel und Scham nicht regen konnte.

Ihre aufkeimende Panikattacke wurde gedämpft, als sie einen plötzlichen Knall vernahm. Robert hatte dem Psychologen seine Faust ins Gesicht geschlagen. Er wollte Antworten und die sollte er bekommen. Das war auch Elara klar. Er packte den Psychologen am Kragen und schüttelte ihn vor und zurück.

»Na los, rede«, zischte er ihm entgegen und schleuderte dem Psychologen feine Speichelfäden ins Gesicht. Ivan spuckte einen Zahn aus und prustete. »Okay, okay! Ich habe die Kleine heute aus der Schule geholt.«

»Das stimmt«, bestätigte ihn Norbert. »Er hat mir von seinem Plan erzählt, als wir uns am Wochenende im Camp getroffen haben.« Ivan Pietrovic blickte wütend zu ihm hinüber.

»Schnauze dahinten! Ja, verdammt. Ich konnte nicht anders. Als ich sie das erste Mal bei meiner Ex-Mitarbeiterin zu Hause sah, war mir klar, dass ich sie haben musste. Scheiß auf Puppen. Nur echtes Fleisch ist ein wahres Vergnügen!« Provozierend grinste er Robert an und leckte sich die Lippen. »Wie gern ich von deiner Tochter gekostet hätte.« Er wusste, dass er den Keller nicht lebend verlassen würde, und erhoffte sich ein schnelles Ende. Robert griff ihm an den Kragen.

»Wie hast du das angestellt, du kranke Sau?«

»Haha, willst meine Strategie erfahren, damit du es mir nach Belieben nachmachen kannst«, zwinkerte er Robert zu und fing sich gleich den nächsten Faustschlag ins Gesicht ein.

»Raus mit der Sprache!«

»Na gut, ich verrate es dir!« Ivan spuckte einen Blut- und Rotzklumpen auf den Plüschteppich und erzählte den geschockten Eltern, wie er ihre Tochter aus der Schule entführen konnte.

***

Schon bevor die Sonne aufging, lag Ivan Pietrovic wach in seinem Bett. Seit er die kleine Charlotte in ihrem Nachthemd im Türrahmen hatte stehen sehen, verging kein Tag, an dem er nicht an sie denken musste. Immer wieder hörte er ihre liebliche Stimme. *»Doktor Piet«* hatte sie ihn genannt. Hinreißend.

Nachdem er einen flüchtigen Blick auf seine Uhr geworfen hatte, war es an der Zeit, sich fertig zu machen. Aufgeregt zog er einen dunkelblauen Overall an und setzte sich eine alte Kappe auf, die er sich tief ins Gesicht zog. Dann griff er nach dem Namensschild und klemmte es sich an die linke Brust. Ein letztes Mal sah er sich im Spiegel an und verließ die Wohnung.

Am Schulgelände angekommen, parkte er, etwas abseits, seinen gemieteten Transporter und marschierte auf das Gebäude zu. Inmitten der großen Halle blieb er stehen und sah sich etwas verloren um.

»Kann ich Ihnen helfen?« Ivan drehte sich abrupt um und verstellte seine Stimme gekonnt.

»Ja, Meier mein Name. Ich bin die heutige Hausmeistervertretung. Wo muss ich hin und was kann ich tun?« Ivan hatte sich bereits im Vorfeld auf die Schnelle darüber informiert, wer der zuständige Hausmeister war und hatte dafür Sorge getragen, dass der ursprüngliche Hausmeister an diesem Tage nicht erscheinen würde. Ein Anruf hatte gereicht und er konnte ihn davon überzeugen, dass seine Dienste am Montag nicht gebraucht werden würden und dass man sich freue, ihn am Dienstag in alter Frische wiederzusehen. Fertig. Spontane Beurlaubung, dank Minijob!

»Ach, Gustaf ist erkrankt? Das wusste ich gar nicht.«

»Hat er sich noch nicht bei Ihnen gemeldet? Das tut mir wirklich leid, aber ich bin mir sicher, dass er das nachholen wird, sobald er vom Arzt zurück ist.«

»Gut, kommen Sie mit Herr Meier, ich zeige Ihnen, was heute gemacht werden sollte. Also, als Erstes wären da die Lampen in den Klassenräumen der 1a und 2b …«

Geduldig ließ sich Ivan die Räumlichkeiten zeigen und nickte jede Aufgabe freundlich ab.

Als sie vor der Klasse der 2b standen, begann es in seinen Händen zu kribbeln. Dank des Redeflusses seiner Mitarbeiterin wusste er, dass Charlotte in diese Klasse ging und am liebsten wäre er auf der Stelle dort hineingestürmt und hätte sie sich gepackt, aber er musste geduldig sein. Spätestens in der Pause würde er seine Chance nutzen. So lange konnte er warten. Den ersten Termin in seiner Praxis hatte er glücklicherweise auch erst zur Mittagszeit.

Als der Rundgang erledigt war und Ivan endlich mit seiner Scheinarbeit anfangen konnte, durchfuhr ihn ein Glücksgefühl, das er so noch nie erlebt hatte. Sein Herz machte Purzelbäume und seine Knie wurden weich. Auf dem leergefegten Flur hüpfte ihm plötzlich ein kleines Mädchen entgegen. Er erkannte sie sofort. Es war Charlotte, die schnurstracks zur Mädchentoilette lief. Ivan überlegte erst, ob er sie direkt ansprechen sollte, aber er wartete, bis sie von der Toilette zurückkam.

Noch immer war niemand auf dem Flur und seine Nervosität stieg unaufhaltsam. Dann öffnete sich die Toilettentür.

»Hallo, Charlotte.« Sie blieb stehen und blickte fragend zu ihm hinauf. »Weißt du noch, wer ich bin?«

»Ja, aber warum trägst du so komische Sachen? Ich dachte, Ärzte tragen immer weiße Kittel!«

»Scharf kombiniert, kleine Maus. Ich vertrete heute einen Freund, der krank geworden ist.«

»Ach so.« Charlotte wendete sich zum Gehen ab und tänzelte weiter in Richtung Klassenzimmer, als er hinzusetzte: »Ich bin auch wegen dir hier.« Sie blieb stehen und spielte mit einer Haarsträhne.

»Warum?«

»Weil deine Mama mich gebeten hat, dich mit zur Praxis zu nehmen. Sie möchte sich heute einen schönen Tag mit dir machen.«

»Okay, aber die Schule ist noch nicht aus.«

»Das macht nichts. Ich habe bereits mit deinen Lehrern gesprochen, das geht in Ordnung. Ausnahmsweise«, hob er dabei den Zeigefinger und lächelte freundlich. Charlotte grinste zurück und willigte ein, mit ihm zu gehen. Sie kannte ihn und das konnte er für sich nutzen. Jetzt mussten sie es nur schaffen, unbemerkt das Schulgelände zu verlassen, und der Tag konnte besser nicht werden.

Als sie am Wagen ankamen, öffnete er die Schiebetür, kletterte hinein und legte das Werkzeug beiseite. Anschließend träufelte er, so unauffällig wie möglich, eine Flüssigkeit auf ein Tuch und rief Charlotte zu sich, die brav mit etwas Abstand auf ihn wartete.

Sofort drückte er ihr das Tuch ins Gesicht und zog sie in den Wagen, schloss mit seinem Fuß die Tür und wartete, bis sie schlief, ehe er sich auf dem direkten Weg nach Hause machte. Er musste sie leider erst für eine Weile wegsperren, bevor er sich mit ihr beschäftigen konnte, aber das sollte kein Problem darstellen.

***

Schluchzend stand Elara am Treppengeländer und versuchte, das soeben Gehörte irgendwie zu begreifen. War es tatsächlich so einfach gewesen? Sie wollte es nicht glauben! Robert, der sich während der ganzen Zeit nicht gerührt und Ivan angewidert angestarrt hatte, ballte, ohne weitere Worte zu verlieren, die Faust und ließ sie wieder nach vorn schnellen. Einmal, zweimal, dreimal. Immer wieder schlug er auf das Gesicht ein, das einseitig auf das Doppelte anschwoll. Blut rann dem Psychologen aus der Nase, die linke Augenbraue platzte auf und der Kiefer hing bereits verdächtig schief.

Elara wurde nervös, aber sie wollte ihren Exmann nicht aufhalten. Er sollte ihm die Scheiße aus dem Leib prügeln!

Norberts Blicke hafteten derweil immer noch an ihr. Er schien sich gar nichts aus der Situation seines Freundes zu machen. Sein Interesse galt ausschließlich ihr, seiner Stiefnichte.

# 37

## Norbert

Er lächelte verzückt, als er jeden einzelnen Zentimeter ihres Körpers begutachtete. Wie schön sie war. Für eine erwachsene Frau eine Augenweide. Ihr früheres kleines Ich hatte er zwar als noch viel schöner empfunden, aber es gefiel ihm, was aus seinem Schatz geworden war. Wie sie da stand. Eine Hand um das Geländer geklammert, die andere auf dem Brustkorb ruhend. Das blonde Haar zusammengebunden, nur etwas Make-up aufgetragen. Sich nervös auf die Unterlippe beißend, während das linke Augenlid leicht zuckte. Was er dafür geben würde, einmal an ihr zu riechen. Ob sie noch immer nach Pfirsichshampoo zwischen ihren Schenkeln duftete? Er überlegte, ob er sie fragen sollte, allerdings befürchtete er, seine Stimme würde in dem ganzen Jaulen und Knochenknacken untergehen. Er konnte warten.

Kurze Zeit später erlosch das Jaulen und Knacken und Stille kehrte ein. Vorsichtig wagte er einen Blick zu seinem Lieblingsstuhl und machte eine leblose, blutüberströmte Gestalt aus. Leblos, aber nicht tot, denn der Brustkorb hob und senkte sich leicht. Dieser miese Schläger, hatte seinen Freund bewusstlos und sein Gesicht halb zu Brei geschlagen. Freund. War Ivan Pietrovic überhaupt ein Freund oder war er nur einer von wenigen, die seine Leidenschaft teilten und verstanden? Hatte er ihm die Mädchen nach dem Spielen abgenommen und getötet, weil er ein Freund war oder, weil er besorgt war, womöglich selbst aufzufliegen, weil Norbert es nicht ordentlich genug getan hätte? Hatte er vielleicht Spaß daran, ihnen wehzutun oder wollte er einfach auch etwas von dem Kuchen abbekommen? Norbert würde die Antwort vermutlich nie erfahren.

Sein Blick schweifte an Robert vorbei, der sich die Hand notdürftig mit einem Stofffetzen verband. Sicherlich hätte er ihm sagen können, dass im Badezimmer jede Menge Salben und Verbandsmaterial lagen, aber was hätte er davon gehabt? Er konnte sich nicht vorstellen, aus Dank von den Fesseln befreit zu werden, um gemeinsam mit seinen ungebetenen Gästen ein Teekränzchen zu halten, nachdem er das Aua des Arschlochs verbunden hatte. Er wusste, die Sache würde für ihn ganz beschissen ausgehen. Im Stillen verabschiedete er sich bereits von seinen heißgeliebten Kinder-Sexpuppen und …

Ihm wurde schlecht, als er an die Alte im ersten Obergeschoss denken musste. Sie würde gnadenlos sterben, wenn er den Keller nicht mehr lebend verlassen sollte – womit er rechnete. Niemand würde sie finden, geschweige denn suchen. Jeder dachte, dass sie bereits vor Jahren verstorben sei. Sie würde einfach verhungern und verdursten, in sich zusammenfallen und zerfließen. Sein Herz hämmerte wie wild gegen seine Brust. All die Jahre hatte er dafür gesorgt, dass sie lebte und das sollte alles von jetzt auf gleich passé sein? Nein! Irgendetwas musste er sich einfallen lassen. Er musste einen Weg finden, aus dieser beschissenen Situation herauszukommen. Und dann kam ihm eine Idee.

# 38

## Elara

Der innere Druck stieg unaufhaltsam weiter an. Als sie Roberts Hand und im Anschluss das matschige Gesicht des Psychologen sah, wusste sie, dass es zu Ende gebracht werden musste. Noch immer sah sie aus dem Augenwinkel Norberts lüsterne Blicke, die auf ihr ruhten und in ihr kochte die Suppe fast über. Er sollte damit aufhören. Auf der Stelle.

»Hör auf, mich anzugaffen, Dreckschwein!«, fauchte sie ihn an. Über Norberts Gesicht flog ein leichtes Lächeln, was sie erst recht wütend machte. Angeekelt drehte sie sich von ihm weg und atmete schwer. Immer wieder machte sie sich klar: Sie war stark und kein kleines, hilfloses Mädchen mehr, auch wenn sie sich gerade so fühlte. Er war derjenige, der gefesselt auf dem Bett lag und nicht sie. Genauso wenig wie sie damals, kann er fliehen. Dieses Arschloch ist ihr hilflos ausgeliefert. Sein Leben liegt in ihren Händen. Je mehr sie sich darüber im Klaren wurde, desto mehr beruhigte sie sich endlich.

Robert, dem Norberts Aussage über ein Camp nicht aus dem Kopf ging, konfrontierte ihn mit seiner Aussage.

»Was ist das für ein Camp, Pullunderträger?«

»Wenn ich es sage, lasst ihr mich dann gehen?« Robert nickte und stellte sich neben das Bett.

»Also gut! Ivan Pietrovic hat ein Pädophilen-Camp ins Leben gerufen. Jährlich treffen sich dort alle Pädophilen aus der Gegend und verbringen ein ausgelassenes Wochenende miteinander. Beim letzten Treffen erzählte mir

Ivan unter vier Augen von der Begegnung mit Charlotte und davon, dass er Gefallen an dem kleinen Mädchen gefunden hatte. Ich dachte zuerst, es wäre das kleine Mädchen, das er dabeihatte, aber es war wohl nur die Nachbarstochter gewesen, auf die er kurzfristig aufpassen musste, da ihre Mutter wohl ein wichtiges Treffen mit einem Stecher hatte. Na ja, jedenfalls anschließend erzählte er von seinem Plan, sie von der Schule zu entführen und mit nach Hause zu nehmen. Da die Kleine wusste, wer er war, war er sich sicher, dass sie mit ihm gehen würde, ohne Probleme zu machen.«

Robert stand mit geöffnetem Mund vor dem Bett. Ein Pädophilen-Camp im umliegenden Wald und niemand wusste davon? Er wurde blass um die Nase, als er daran dachte, dass auch er mit Charlotte an diesem Wochenende im Wald campen war.

Norbert plauderte derweil munter weiter: »Er hatte sich in den Kopf gesetzt, die Kleine erst ein paarmal zu fotografieren und ihre Bilder online zu stellen. Nachdem er mit ihr gespielt hatte, wollte er sie loswerden. Eine Verschwendung, wenn ihr mich fragt.«

»Dich hat aber keiner gefragt!«, zischte Robert. Kurz darauf realisierte er Norberts lüsterne Blicke, die erneut auf Elara hafteten. Kopfschüttelnd ging er daraufhin langsam auf sie zu und flüsterte ihr etwas ins Ohr.

»Was ist jetzt? Bindet ihr mich los? Wir hatten eine Vereinbarung.« Robert ignorierte ihn und konzentrierte sich ausschließlich auf Elara und das, was er ihr zu sagen hatte.

Seine Worte bohrten sich tief in ihr Gedächtnis. Seinen warmen Atem spürte sie an ihrem Ohr und lauschte seinen sadistischen, bösen Worten. Sie hasste ihn und seine Gedanken, aber sie musste sich eingestehen, dass

Vergeltung in diesem Fall unumgänglich war. Ihr selbst flogen diese Gedanken schon mehrmals durch den Kopf, jedoch hatte sie es nicht für möglich gehalten, das wirklich zu tun. Bis jetzt.

*Schweigen ist Gold.*

Robert ließ diabolisch grinsend von ihr ab und wandte sich den Puppen zu. Er griff nach der einen mit dem weißen Spitzenkleid und den geflochtenen Zöpfen und reichte sie wortlos an Elara weiter.

Widerwillig nahm sie Lissy mit zittrigen Händen entgegen und musterte sie. *Was das kleine Ding alles durchmachen musste*, dachte sie und die Bilder ihres eigenen Aufenthalts in diesem stinkenden Kellerloch sah sie augenblicklich vor sich. Angewidert stellte sie sich vor, wie sich ihr Onkel Tag für Tag an dem kleinen Etwas verging und dabei ausschließlich an sie dachte. Ihr drehte sich der Magen um, wenn sie sich seine dreckigen Finger vorstellte, die die kleine Lissy überall anfassten und an den Fäden ziehenden Lusttropfen, der Puppen-Elara irgendwo berührte. Genau wie damals, als sie an Stelle der Puppe hier unten war. Ihr Hals schnürte sich zu. Tränen stiegen ihr in die Augen. Als das Adrenalin durch ihre Adern pumpte, löste sie sich aus ihrer Starre und ging zitternd auf das Bett zu. Die Puppe fest im Griff.

Robert setzte sich auf den Treppenabsatz und sah sich gespannt die Szenerie an. Elara spürte seine Blicke und das machte sie zunehmend nervös und gleichzeitig wütend. Neben dem Bett blieb sie schließlich stehen, und sah Norbert, ihren Onkel, in die finsteren Augen.

»Wieso hast du mir das damals angetan?« Ihre Stimme brach. Wollte sie wirklich eine Erklärung haben? Wollte sie tatsächlich wissen, wieso er sie in seinen Keller gesperrt und mehrmals missbraucht hatte, ehe er sie gehen ließ, einfach so? Tausend Gedanken flogen ihr durch den Kopf. Er hämmerte wie wild.

»Ich habe mich in dich verliebt. Just in dem Moment, als mir mein Bruder dich und deine Mutter vorstellte, war ich von dir verzaubert. Ich wollte dich unbedingt haben, ich musste es tun und ich würde es wieder machen.« Sein Blick war voller Liebe und Sehnsucht. Er spitzte die Lippen und warf ihr einen Kuss herüber.

Das war der Moment, in dem sie die Puppe mit all ihrer Kraft auf Norberts Körper knallen ließ. Er stöhnte auf und rang nach Luft.

»Scheiße, verdammt. Wir … hatten eine Abmachung.« Norbert hechelte. »Ihr wolltet mich gehen lassen, wenn ich euch alles erzähle!« Sein angsterfüllter Blick wanderte zu Robert, der ihn gehässig anlächelte.

»Oh, da habe ich wohl gelogen«, gab er grinsend zurück.

Überrascht von der Härte, mit der sie zugeschlagen hatte, zuckte sie zusammen. Was tat sie da eigentlich? Von sich selbst erschrocken, schmiss sie die Puppe in die Ecke und wollte gerade aus dem Haus rennen, als sie ein Satz zur Eile anhielt.

»Was hast du gesagt?« Ungläubig sah sie zu Robert.

Er stand auf und stellte sich mit verschränkten Armen vor sie. »Ich sagte: Es war klar, dass die frigide, feige Schlampe den Schwanz einzieht und sich verpisst. Hast du es jetzt verstanden?« Er schnaubte verächtlich.

Elara prustete und stieß einen spitzen hasserfüllten Schrei aus. Sie war nicht frigide und feige war sie auch nicht. Nicht mehr. In ihr schwappte eine giftige Brühe aus Hass und Vergeltung über und überflutete ihr rationales Denken.

»Jetzt reicht es mir. Ich habe es satt. Einfach satt!« Entschlossen rannte sie die Stufen hinab, griff nach Lissy und schmetterte sie auf den Oberkörper des am Bett gefesselten Norberts nieder. Die perfekt zusammengebundenen Zöpfe lösten sich und ihre Haare flogen wild durch die Gegend. Immer und immer wieder haute sie die Puppe auf seinen Körper, der sich vor Schmerz aufbäumte und stetig nach Luft rang. Allmählich begangen sich die einzelnen Körperteile der Puppe zu lösen und flogen durch den Raum, während sie den geschändeten Puppenkörper weiter auf ihren Peiniger herabsausen ließ. Sie schrie und heulte. Schlug weiter drauf, bis sie nur noch das Bein der Puppe in der Hand hielt. Völlig außer Atem, sah sie auf die Gliedmaßen in ihrer Hand und ließ sie achtlos auf den Boden fallen.

Norberts schmerzerfüllte Schreie, waren inzwischen zu einem leisen Wimmern übergegangen.

Ihre Hände zu Fäusten geballt atmete sie nur noch stoßweise. Sie hatte sich regelrecht in Rage geschlagen und fühlte sich gut. So gut wie noch nie. Adrenalin schoss ihr durch die Glieder. Endlich war sie in der Lage, die seit Jahren verborgenen, angestauten Gefühle loszuwerden. Es war wie ein Rausch, dem sie sich voll und ganz hingab.

Ohne ihren Exmann eines Blickes zu würdigen, eilte sie zu ihrem Rucksack, den sie wieder unter die Treppe gestellt hatte und lief zum Bett zurück. Sie öffnete den Reißverschluss und holte einen kleinen Zimmermannshammer heraus. Norberts Augen weiteten sich und auch Robert sah sie verblüfft an. Entschlossen umfasste sie den Hammer und hob ihn über ihren Kopf. Ihr gefesseltes Opfer hielt vor Angst den Atem an, den Blick unentwegt auf den Hammer gerichtet.

»Nein, bitte … «, stammelte Norbert verängstigt, doch Elara interessierte es in keiner Weise, was er zu sagen, oder zu betteln hatte. Ein leichtes Grinsen huschte über ihr Gesicht, dann lies sie den Hammer auf seinen Unterleib hinabsausen und haute mehrmals mit voller Wucht darauf.

Norbert schrie auf und fiel anschließend in Ohnmacht.

Mehrmals drehte sie im Anschluss, den Blick auf ihren ohnmächtigen Peiniger gerichtet, den Hammer in ihrer Hand, als sie plötzlich hinter sich ein Röcheln vernahm. Der Psychologe erwachte. Noch bevor Robert oder Ivan realisieren konnten, was geschah, schnellte sie herum und rammte ihm die spitze Klaue des Hammers in den Kopf. Das Blut schoss aus der Wunde und lief ihm über das Gesicht. Er zuckte unkontrolliert und verdrehte die Augen, dann sackte er in sich zusammen. Tot.

*Ob Robert jetzt nervös wird?*, fragte sie sich und warf einen flüchtigen Blick zu ihm hinüber, doch sie konnte es nicht einschätzen. Leider. Sollte er sich ruhig in die Hose scheißen.

Erneut widmete sie sich ihrem Rucksack. Diesmal zog sie eine große Schere heraus und lächelte. Dann begann sie, Norbert die Hose vom Leib zu schneiden. Ab und zu rutschte sie ab und schnitt ihm ins Bein. *Ups!*

Blut lief an seinen Schenkeln entlang und tropfte auf die Matratze. Für Elara war es nur eine weitere Flüssigkeit, die die Matratze in sich aufsog.

Sie zerrte an den Sachen und zuckte leicht zusammen, als sie den ballonartigen, blauviolett angelaufenen Schwanz sah, der reglos auf den haarigen Eiern lag.

Als sie ihm die gesamten Anziehsachen vom Körper geschnitten hatte, schmiss sie die Schere in die Ecke und kramte erneut etwas aus ihrem Rucksack.

»Was tust du da?«

»Lass mich.« Sie hatte eine Idee und wollte diese schnellstmöglich umsetzen, ohne gestört zu werden. Sie zog das große Fleischerbeil aus der Tasche, welches sie in ihrer Küche aufgesammelt hatte, bevor sie die Wohnung verließ, und ging zielstrebig zum Bett zurück. »Ich werde ihm ein paar Andenken hinterlassen.« Sprach sie, mehr zu sich selbst, als zu Robert und setzte die Klinge an Norberts Brustwarze an. Doch dann kam ihr eine bessere Idee, als ihm die gottverdammten Nippel abzusäbeln. Sie sah auf seine rauen, schmierigen Finger und zog das Beil wieder zurück. »Du wirst kein Mädchen mehr anfassen, das verspreche ich dir.« Mit einem Satz war sie am Kopfende des Bettes angelangt und spreizte seinen kleinen Finger von den anderen weg. Ruckartig knickte sie ihn zur Außenseite ab und brach den Knochen, wie bei einem Hähnchenflügel, durch. Allem Anschein nach, war der Schmerz nicht stark genug, da er noch immer ohnmächtig dalag und das Kissen vollsabberte.

Elara nahm das Küchenbeil und schlug damit mehrmals auf den kleinen, abgebogenen Finger ein. Und erst, als sie die abgetrennte, blutüberströmte Gliedmaße in der Hand hielt, wachte Norbert auf und schrie aus Leibeskräften. *Es wird Zeit, dass man ihm das Maul stopft*, dachte sie, drückte ihm den Finger in den Rachen und wies Robert an, ihm den Mund mit Gaffer Tape zuzukleben, was er sofort tat. Für das, was der kranken Sau noch bevorstand, war das unumgänglich. Er würde sich die Seele aus dem Leib schreien und womöglich noch die

Nachbarn aufschrecken. Das musste sie verhindern. Unbedingt.

Unmittelbar, nachdem Norberts Schreie hinter dem Tape eingeschlossen waren, wendete sie sich wieder seinen Händen zu. Es gab noch neun weitere Finger, die sie erst brechen und anschließend abhacken würde.

***

Wenig später bestanden seine Hände ausschließlich aus zwei Stumpen, aus denen das Blut leicht pulsierend herausspritzte und am Arm hinablief. Einen Moment lang blickte Elara auf die Fingerstummel hinab, die sie vor sich auf den Boden geworfen hatte und wischte sich anschließend ein paar Schweißtropfen von der Stirn. Während der ganzen Zeit hatte Robert einfach dagesessen und sich das Schauspiel angeschaut, ohne eine Miene zu verziehen. Aus irgendeinem Grund provozierte sie das. Es war doch nicht möglich, dass es ihn in keiner Weise störte oder berührte, was sie soeben tat. Wie kalt musste man sein, wenn man nicht unmittelbar in ihrer Haut steckte? Elara kam eine Idee, wie sie ihn aus der Reserve locken konnte und öffnete wieder den Rucksack.

»Was zum Teufel tust du jetzt?«

»Wonach sieht es denn aus?« Sie würdigte Robert keines Blickes.

Als sie hatte, wonach sie suchte, lachte sie kurz auf. Triumphierend hielt sie das Objekt, das für ihre sichtlich gute Laune sorgte, in die Luft. Sie hatte das gute Stück gefunden, als sie den Rucksack von Schrank geholt hatte. Man konnte nie wissen, wofür man es noch gebrauchen konnte. Bis jetzt!

»Scheiße, das Teil hast du noch?«

»Quatsch nicht und komm her.« Elara schmiss den einunddreißig Zentimeter großen Dildo in seine Richtung. Robert fing das Riesenteil mit dem sieben Zentimeter Durchmesser auf und hielt es vor sich. Oft hatte er es benutzt, um sie damit auf schlimmste Weise zu penetrieren. Jedes erdenkliche Loch hatte er damit gestopft, egal, wie schwierig es war.

»Was ist jetzt? Willst du das Drecksteil noch länger anstarren und in Erinnerungen schwelgen, oder dekorierst du es endlich?« Grinsend hielt sie eine Box mit etlichen Rasierklingen in der Hand.

»Spick den Riesendildo damit!« Ohne darauf etwas zu erwidern, nahm er die Box entgegen, setzte sich wieder auf den Treppenabsatz und steckte eine Rasierklinge nach der anderen in den Dildo. Dabei achtete er darauf, dass immer ein Stück herausragte.

Während er das tat, beobachtete sie ihn angespannt.

Es war merkwürdig, in welche Richtung sich der Abend entwickelte und welche Rolle sie dabei übernommen hatte. Für sie war es, als hätte sich ein Schalter in ihrem Kopf umgelegt, der sie handeln ließ, ohne Rücksicht auf Verluste. Sie wusste nicht, wie der Abend in diesem scheußlichen Keller enden würde, aber sie würde dafür sorgen, dass sie anschließend ihre kleine Tochter in den Armen hielt. Frei von ihren Dämonen. Und aus irgendeinem Grund hatte sie das Gefühl, dass es auch genauso passieren sollte, denn sie hatte die Zügel in die Hand genommen und selbst Robert tat, was sie ihm sagte. Die einzige Frage, die sich allerdings durch ihren Gedankengang schlängelte, war: Wie lange noch?

# 39

### Elara

Kurze Zeit später, hielt Robert ihr den fleischigen, messerscharfen Dildo vor die Nase.

»Zufrieden?«

»Sehr gut. Jetzt hilf mir, seine Beine auseinander zu halten. Ich will ihm zeigen, wie es sich anfühlt, wenn etwas viel Größeres ein kleines Loch dehnt, bis es blutet.« Norbert, der inzwischen wieder zu sich gekommen war und wie am Spieß versuchte zu schreien, als er die Stumpen bemerkte, die mal seine Hände waren, verstummte plötzlich. Das Gesicht nass geschwitzt, die Augen weit aufgerissen und hektisch durch die Nase atmend, klebten seine Blicke an dem Dildo.

»Elara, das passt niemals. Du brauchst …«

»Schnauze, Robert. Es hatte ihn damals auch nicht interessiert, ob es passte. Genauso wenig, wie es dich jemals interessiert hatte!« Der hatte gesessen. Robert schluckte und konzentrierte sich auf Norbert, der mit aller Kraft versuchte, die Beine zusammenzudrücken.

Voller Vorfreude kniete sich Elara zwischen seine Beine und hielt den Dildo vor sich. Gelassen führte sie das Teil an seinen Hintern heran. Ihr Opfer wand sich in alle Richtungen und Robert hatte sichtliche Schwierigkeiten, ihn festzuhalten. Sie aber ließ sich davon nicht aus der Ruhe bringen. Das war ihr Moment. Das war die Art von Rache, die sie sich für dieses Pack vorgestellt hatte und sie würde es durchziehen.

Destruktion, Amputation und Penetration.

Es war ihre persönliche *Heilige Dreifaltigkeit*, die sie in vollen Zügen an ihm auslebte.

Sie schwang den Dildo vor und zurück und zählte in Gedanken einen kurzen Countdown. *Drei … zwei … eins.* Kaum hatte sie die Zahl Eins in ihren Gedanken ausgesprochen, schnellte sie nach vorn und schob den Riesendildo mit all ihrer übrig gebliebenen Kraft in Norberts Hintern. Es war enorm schwierig, das Riesenteil in die zugekniffene Rosette zu drücken, aber ihre Entschlossenheit und Kraft, ließen seinen Widerstand hinter sich und schafften es schließlich, ihm das Teil in den Arsch zu rammen. Sofort lief das Blut an dem Dildo vorbei auf die Matratze. Es schwappte förmlich aus seinem Hintern heraus. Norbert schrie unter dem Klebeband und würgte. Wenn er nicht schon an den inneren Verletzungen krepieren würde, dann an seiner eigenen Kotze. So oder so hatte sein letztes Stündlein geschlagen und Elara genoss es sichtlich. Völlig außer Puste griff sie sich das Ende des Dildos und drehte ihn in seinem Arsch. Ein paarmal zog sie das gespickte, gefühlsechte Sexspielzeug ein Stück heraus und drückte es wieder hinein. Dann zog sie es mit einem Ruck heraus und schmiss es ihm an den Kopf.

Robert ließ die Beine los und entfernte sich etwas von dem Bett. Elara aber blieb zwischen den Beinen sitzen und betrachtete, wie in Trance, das herausschwappende Blut, gepaart mit Fäkalien. Erst als die dickflüssige Brühe sie fast berührte, rührte sie sich und erhob sich ebenfalls.

Ein brennendes Gefühl ließ ihren Blick von dem fransigen Hintern abwenden und auf ihre Hand schauen. Sie hatte sich tatsächlich geschnitten. *Verdammt!*

»Ich muss eben hoch ins Badezimmer. Ich glaube, ich habe mich geschnitten. Warte kurz hier, ja?« Robert blickte zu ihrer Hand und nickte.

»Ich schau in der Zwischenzeit mal, wie es unserem Freund geht und nehme ihm das Klebeband ab.« Verächtlich sah sie zu dem bewusstlosen Mann, stimmte zu und eilte die Stufen hinauf ins Bad.

Als sie am heutigen Abend dort eingestiegen war, hatte sie Pflaster und Salbe auf dem Waschbecken liegen sehen. Mit zittrigen Beinen stieg sie die Stufen hinauf, lief durch den Flur und stieß mit der Schulter die Badezimmertür auf. Eilig betrat sie den Raum und öffnete den Spiegelschrank über dem Waschbecken. *Treffer*. Dort lagen eine Menge Pflaster, Mullbinden und Verbände. *Was will der mit all dem Zeug*, fragte sie sich, während sie sich ihre Hände gründlich wusch. Mit der Menge hätte er locker einen Drogeriemarkt eröffnen können.

Nachdem sie ihre Hände abgetrocknet hatte, schmierte sie sich etwas von der Salbe auf die Wunde und klebte ein großes Pflaster darauf. Bevor sie aber den Spiegelschrank wieder schloss, erhielt ein kleines Fläschchen ihre Aufmerksamkeit. Sie hatte schon mal von dem Mittel gehört. Es wurde zu Narkosezwecke eingesetzt. Sie schluckte und holte die Flasche mit der Aufschrift ›Dormicum‹ aus dem Schrank. Nachdenklich hielt sie sie vor sich und drehte sie einige Male. Viel war nicht mehr in der Flasche. *Wie viele Kinder er damit wohl bereits betäubt hatte?* Ihr Magen verkrampfte sich, doch dann entdeckte sie etwas anderes und auf einmal kam ihr eine Idee.

Sofort nahm sie die Spritze und zog sie bis zum Anschlag mit dem Mittel auf. Die leere Flasche stellte sie in den Schrank zurück und schloss die Tür. Die Spritze aber landete in ihrer Hosentasche.

Als sie einen genaueren Blick in den Spiegel warf, erschrak sie. Ihr Blick war kalt und starr. Die Pupillen geweitet, die Augenbrauen zusammengezogen und die Nase gerümpft. Ein so beängstigendes, hasserfülltes Gesicht kannte sie gar nicht von sich.

Erneut öffnete sie den Wasserhahn und schmiss sich etwas Wasser ins Gesicht. Dann legte sie ihre völlig zerzausten und halb aus dem Haargummi hängenden Haare zurecht und verließ das Badezimmer. Just in dem Moment, als sie die Klinke der Kellertür in der Hand hielt und die Tür öffnen wollte, hörte sie ein Wimmern aus dem oberen Stockwerk und fuhr zusammen. *Es ist noch jemand anderes hier?* Ihr Herz raste. Sie ließ die Klinke der Kellertür los und ging die Stufen hinauf in die erste Etage. Zuerst dachte sie darüber nach, Robert in Kenntnis zu setzen, aber sie brauchte ihn nicht dafür und egal was sie dort oben erwarten würde, sie würde allein damit fertig werden, hoffte sie.

# 40

## Elara

Sie lief den Flur entlang und warf einen flüchtigen Blick in die ersten Zimmer. Das Gästezimmer war, im Gegensatz zum Arbeitszimmer, das voller elektronischer Teile war, penibel aufgeräumt und menschenleer. Ihr Herz wummerte gegen die Brust, als sie auf das Bett sah. *Es ist noch dasselbe wie damals,* erkannte sie sofort und dachte an das weiße Kleid, das sie im Keller in zehnfacher Ausführung gesehen hatte.

Aus dem Raum kam das Wimmern definitiv nicht. Sie machte sich auf das Schlimmste gefasst, da sie fürchtete, im letzten und verschlossenen Raum, etliche Käfige mit fast verhungerten Kindern aufzufinden, die kraftlos und dehydriert in den Ecken kauerten und nur noch wimmern konnten.

Mit Bedacht legte sie ein Ohr an die Tür und lauschte. Der stetige Piepton ließ sie stutzen. *Was zum Henker ist das?* Sie legte ihre Hand auf die Klinke und hielt den Atem an. Einen Moment blieb sie, unfähig sich zu bewegen, vor der Tür stehen, ehe sie sich einen Ruck gab und sie öffnete. Der Geruch von Verwesung und Krankenhaus krallte sich in ihrer Nase fest. Sie würgte und hielt sich die Hand vor das Gesicht, bevor sie einen Schritt in den Raum wagte. Als sie das Bett mit der darin liegenden, halb toten Frau erblickte, taumelte sie einen Schritt zurück und blieb fassungslos im Flur stehen. Kopfschüttelnd stand sie da und konnte nicht begreifen, was sie sah. Erst als sich eine knöchrige Hand zitternd aus dem Bett erhob und sie heranwinkte, löste sie sich aus der Starre und ging in kleinen Schritten auf das Bett zu. Kaum das sie davor stand und realisierte, wer dort lag, brach sie in Tränen aus und fiel weinend auf die Knie. *Das ist doch nicht möglich*, dachte sie nur und zitterte am ganzen Leib.

Nie hatte sie etwas Schrecklicheres gesehen, als das, was aus dem ihr einst gekannten Menschen, geworden war: eine lebende Leiche.

So unvorstellbar das klang, so unvorstellbar, sah es aus. Aus der einst wunderschönen, stolzen Tante Sophia war nichts weiter übrig geblieben, als ein atmendes und faulendes Skelett mit Haut, das an Maschinen angeschlossen und mit Medikamenten vollgepumpt wurde, um am Leben gehalten zu werden.

»Wie … ist das möglich? Es hieß, du seist vor Jahren an Krebs gestorben. Ich hatte die Todesanzeige in der Zeitung gesehen.« Verwundert und völlig geschockt sah sie zu ihrer Tante auf, die aus ihren trüben, müden Augen zurückblickte, aber nichts sagte. Erschöpft und kraftlos erhob sich Elara und griff nach einer knochigen Hand der Alten. Behutsam hielt sie diese fest und wagte nicht, auch nur einen Hauch Druck darauf auszuüben, da sie sofort zu Brechen drohte. Beide sahen sich einen Augenblick schweigend an, dann löste die Alte ihre Hand aus dem Griff und nahm die Atemmaske vom Gesicht. Elara wagte nicht, zu atmen. Zum einen war der Geruch, den Tante Sophia zu ihr rüber pustete, so ekelhaft, dass sie sofort würgen musste, zum anderen wollte sie verstehen, was ihre Tante zu sagen hatte.

»Töte mich!« Die Botschaft klar, der Wille stark. Die Frau wollte nicht mehr leben und Elara war gewillt, ihr den letzten Gefallen zu tun, nur wie?

»Ich … ich weiß nicht, wie. Das kann ich nicht tun.« *Oder doch?* Ihr rannen Tränen an den Wangen hinunter. Würde es reichen, wenn sie die Geräte ausschaltete? Bestimmt!

Ohne länger darüber nachzudenken, erhob sie sich und steuerte auf die Steckdose zu, in der die ganzen Geräte eingestöpselt waren. Doch kaum stand sie auf, hielt Tante Sophia ihr Shirt fest und deutete ihr, näherzukommen. Elara schluckte schwer, beugte sich aber dennoch über die Alte.

»Töte mich und alles … was sich hier befindet. Vernichte … das Haus.« Nach Luft ringend setzte sie die Atemmaske kurz auf und sog gierig den Sauerstoff ein. Dann setzte sie diese ein letztes Mal ab und fuhr flüsternd fort: »Benzinkanister im … Schuppen.« Ihre Stimme verstummte und sie begann, stark zu hecheln. Es war zu viel für die alte, vom Krebs zerfressene Frau. Elara setzte ihr die Atemmaske wieder auf, gab ihr einen Kuss auf die Stirn und verließ das Schlafzimmer. Woher mochte Tante Sophia wissen, was sich im Schuppen befand? So wie sie aussah, hatte sie jahrelang das Bett nicht mehr verlassen, also musste sie davon ausgehen, dass Onkel Norbert mit ihr darüber gesprochen hatte.

Für Elara war es darüber hinaus ein Rätsel, wie man seiner eigenen Frau so etwas Grausames antun konnte. Wie egoistisch musste man sein, den Tod auf diese Weise hinauszuzögern, nur, weil man nicht loslassen wollte? Das war eine Art Perversion, die sie nie verstehen könnte und schon gar nicht wollte. Allerdings schien er sie stets gut behandelt zu haben, denn wie sonst hätte Tante Sophia diesen Zustand so lange überleben können? Letzten Endes war es ihr gleich, denn lange würde sie ihre Tante nicht mehr leiden lassen.

# 41

## Elara

Bevor sie in den Garten lief, um im Schuppen nach dem Benzinkanister Ausschau zu halten, musste sie zurück in den Keller. Viel zu lange war sie bereits weg gewesen. Dass Robert noch keinen Verdacht schöpfte und nach ihr suchte, machte sie skeptisch.

Zu Recht, denn als sie die Stufen zum Keller hinabging, hörte sie ein beängstigendes Kichern. Sie schluckte und konnte nur schwer begreifen, was ihre Augen sahen. Robert stand neben dem Bett. Eine Hand vor den Mund gepresst, um sich ein Lachen zu verkneifen.

Auf dem Bett lagen beide Männer dicht aneinandergepresst. Der tote Psychologe hatte einen Arm um Norberts Oberkörper geschlungen und Norbert … *Scheiße!*

»Verdammt, was hast du getan?«

»Oh, hallo! Schön, dass du wieder da bist. Sieht das nicht einfach lustig aus?«

*Lustig* lag im Auge des Betrachters. Nie würde sie das Bild aus dem Kopf bekommen, das sich ihr bot. Der mit Blut und Fäkalien beschmierte Dildo ragte nur wenige Zentimeter aus dem zerfetzten Mund ihres Peinigers heraus.

»Schau doch nur, wie süß sie kuscheln«, kicherte Robert.

Angeekelt ließ sie ihren Blick über die Körper streifen und konnte nur mit Mühe die Kotze herunterschlucken, die sich binnen Sekunden in ihrem Mund sammelte, als sie Norberts Pimmel erblickte.

»Du bist doch krank!«

»Ich bin krank? Wer hat denn damit angefangen?« Robert drehte sich lachend zu ihr um. »Ich habe diesem Müslijochen alles gesagt, was ich ihm zu sagen hatte«, entgegnete er noch und präsentierte mit einer Handbewegung sein neustes Meisterwerk: Schwanz à la Banane.

Nie hatte Elara für möglich gehalten, dass es tatsächlich funktionierte, jemandem auf so eine Weise die Haut vom Schwanz zu ziehen, dass es aussah, wie eine geschälte Banane. Von nun an würde sie einen großen Bogen um dieses Obst machen. Und das für immer.

»Meine Fresse, ich habe ihm das Teil in den Arsch gerammt, um mich an dem Menschen zu rächen, der mir das Leben zerstört hat, aber du scheinst ja eine Menge Freude daran zu haben, andere zu quälen.« Elara sah zu Robert, dessen Gesicht sich zu einer eigenartigen Fratze verzogen hatte. Ihr stockte der Atem, als sie feststellte, dass ihr dieser Gesichtsausdruck durchaus bekannt vorkam. Ihr lief es eiskalt den Rücken herunter und ihre Muskeln verkrampften sich. Regungslos stand sie am Treppenabsatz und starrte ihn an, während er sich grinsend auf sie zubewegte.

»Ich möchte auch kuscheln, Elara. Jetzt!« Ihr Puls raste. Er kam näher und breitete seine Arme aus. Sein Gesicht war zu einer furchterregenden grinsenden Miene verzogen.

»Na, komm schon. Auf die guten, alten Zeiten.«

»Verpiss dich, Robert. Fass mich nicht an!« Sie klang entschlossen, jedoch zitterte sie wie Espenlaub. Er schnellte nach vorn und griff ihr an die Taille. Sofort drückte sie ihn mit all ihrer Kraft zurück. Robert stolperte ein paar Schritte rückwärts und fiel fast über einen der abgetrennten Puppenkörperteile.

»Das war wirklich nicht nett«, prustete er und schnellte nach vorn. Doch sie wich ihm geschickt aus. Endlich hatte sie sich von ihrer starren Angst befreit und erinnerte sich an die Spritze mit dem Narkosemittel, die sie sich in die Hosentasche gesteckt hatte. Mit einem Griff holte sie die Spritze hervor und stieß sie ihm in den Hals, als er sie erneut angriff.

»Du Fotze! Was hast du gemacht? Scheiße, verdammt, das zahle ich dir heim!« Wie in Zeitlupe sackte er auf die Knie. Versuchte, ihr Hosenbein zu packen, aber das Mittel zeigte bereits seine Wirkung und er griff ins Leere. Zuletzt gab er noch etwas Unverständliches von sich und lag anschließend bewusstlos auf dem Boden.

Einen Moment stand sie noch regungslos vor ihm und ließ die letzten Momente Revue passieren, doch dann steckte sie die leere Spritze zurück in die Hosentasche und griff ihm unter die Arme. Eine Idee nahm in ihrem Kopf Gestalt an und sie fand Gefallen daran, diese umzusetzen. Umgehend schaffte sie Roberts durchgeknallten Arsch in den Flur.

Leblose Körper waren weitaus schwerer als normal. Kein Muskel angespannt, keinerlei Hilfe. Sie hatte Mühe, ihren knapp hundert Kilogramm schweren Exmann die Stufen hinaufzuzerren und sackte neben ihm auf die Knie, als sie endlich oben angekommen waren. Einen Augenblick musste sie sich ausruhen, dann eilte sie in den Schuppen.

Die Tür zum Garten befand sich in der Küche. Beim Vorbeigehen schnappte sie sich ein Küchenhandtuch und ging hinaus in den Garten. Zu allen Seiten sah sie sich um. Es brannte nirgends Licht, alle schliefen noch.

Am anderen Ende des Gartens stand ein veralteter Holzschuppen, der nicht verschlossen war. Elara öffnete ihn und sah, dank des hineinscheinenden Mondlichts, sofort den Benzinkanister. Bevor sie mit dem vollen Kanister zurück ins Haus eilte, legte sie das Küchenhandtuch darüber.

Zuerst stieg sie in den Keller hinab und kippte etwas von der brennbaren Flüssigkeit über die Männer und legte eine Benzinspur bis in den Flur. Sie musste sparsam damit umgehen, da sie noch zwei weitere Stockwerke vor sich hatte.

Als Nächstes stieg sie die Treppe in den ersten Stock hinauf. Der wohl schwierigste Gang für sie.

Langsam öffnete sie die Schlafzimmertür und stellte sich an das Bett. Die Alte sah kurz zu ihr auf und lächelte. Anschließend nahm sie die Atemmaske herunter und schloss ihre Augen. Mit Tränen in den Augen hob Elara den Benzinkanister an und schüttete etwas auf die Bettdecke. Wieder legte sie eine Spur, die bis in den Flur im Erdgeschoss reichte. Der Geruch von Benzin breitete sich schnell aus und brannte in der Nase.

Als Letztes wollte sie Robert in der Flüssigkeit baden, aber ihr kam eine andere Idee. Sie verteilte noch ein bisschen von der Substanz im Eingangsbereich, stellte den Kanister anschließend neben ihm ab und schmiss das Handtuch beiseite. Dann griff sie nach seinem Arm und legte seine Hand um den Henkel. Überall am Kanister verteilte sie seine Fingerabdrücke, ehe sie die Hand achtlos auf den Boden fallen ließ.

Als sie in den Garten gegangen war, hatte sie eine Streichholzschachtel auf dem Küchentresen liegen gesehen, die sie jetzt holte.

Entschlossen, dem Ganzen ein für alle Mal ein Ende zu bereiten, stand sie vor ihrem Exmann, der noch immer komatös auf dem Flurboden lag. *Das war es, du wi-*

*derlicher Sadist!* Sie holte ein paar Streichhölzer aus der Schachtel und zündete sie an. Mit angehaltenem Atem steckte sie diese zwischen seine Finger und verließ schnellen Schrittes das Haus. Leise zog sie die Haustür zu und verschwand in der Dunkelheit.

Just in dem Moment, als sie in ihren Wagen stieg und die Autotür schloss, dachte sie, die Sonne würde sich langsam über den Horizont erheben, doch als sie in den Rückspiegel sah, wurde sie eines Besseren belehrt. Es war das Haus ihres Peinigers, das lichterloh in Flammen aufging. Elara erschrak über die Ausmaße des Feuers, das rasch um sich gegriffen hatte, verließ den Parkplatz jedoch erst, als sie von Weitem schon die ersten Sirenen herannahender Rettungs- und Löschfahrzeuge heulen hörte.

Alles, was sie an diesem Abend erlebte, hatte sich in ihrem Kopf eingebrannt. Die Kinder-Sexpuppen, Ivan Pietrovic, Onkel Norbert, ihre Tante Sophia und Robert.

Nie würde sie vergessen, was sich im Keller abgespielt hatte, aber sie würde damit besser umgehen können, als mit ihren – jetzt vergangenen – Dämonen.

*Arno Schürmann*, ging es ihr durch den Kopf, als sie völlig übermüdet und erschöpft die leer gefegte Straße entlangfuhr, *wird dafür büßen, dass er mich vergewaltigt hat!*

Auf der gesamten Fahrt zu ihrer Schwiegermutter grübelte sie darüber nach und ihr Gesicht formte ein zufriedenes Lächeln, als ihr etwas Passendes einfiel.

# Epilog

Ein paar Tage später stand Elara, wie jeden Morgen, in der Küche und bereitete das Frühstück vor, während der Fernseher lief. Als die Nachrichten begannen, hielt sie inne und starrte gebannt auf den Fernseher.

»Guten Morgen, meine Damen und Herren. Die bei einem Hausbrand entdeckten Leichen wurden identifiziert. Es handelt sich bei den Opfern um eine Frau und drei Männer. Sophia H. galt, Familienberichten zufolge, bereits seit sechs Jahren als verstorben, jedoch haben Untersuchungen ergeben, dass die Frau erst bei dem verheerenden Brand ums Leben kam. Einzelheiten müssen noch geklärt werden. Unter den männlichen Opfern befand sich Psychologe Doktor Ivan Pietrovic. Laut Staatsanwaltschaft wanderte er vor über fünf Jahren aus seinem Heimatland Serbien aus, da er wegen des Besitzes von kinderpornografischem Material verhaftet und zu einer hohen Geldstrafe verurteilt wurde. Berichten zufolge wurde er bei der Verhaftung in seinem Keller dabei erwischt, wie er einen sexuellen Akt mit einer kindesähnlichen Puppe vollzog. Wie er hier in Deutschland Fuß fassen konnte und niemand etwas davon wusste, wird geprüft werden müssen. Wir werden Sie diesbezüglich ebenso auf dem Laufenden halten. Des Weiteren wurde ein ehemaliger Patient von Doktor Ivan Pietrovic identifiziert. Norbert H., der Besitzer des Hauses. Laut Akten war er pädophil. Er versuchte, sein Verlangen mit Hilfe von Kinder-Sexpuppen zu unterbinden. Vergeblich, denn anhand eines DNS-Abgleichs konnte zweifelsfrei bestätigt werden, dass Norbert H. sexuellen

Kontakt zu den in der letzten Woche gefundenen Opfern Sophie K. und Julia Z. hatte. Darüber hinaus hat man in den Überresten der verkohlten und teils geschmolzenen Puppen, einige elektronische Module mit Speicherkarten entdeckt. Die Daten darauf können gerettet, müssen aber erst noch analysiert werden. Erste Ergebnisse zeigen, dass auf diesen Speicherkarten die Stimmen der beiden Mädchen und weiterer Kinder zu finden waren. Wir müssen davon ausgehen, dass Norbert H. noch weitere Kinder sexuell missbraucht und deren Stimmen aufgenommen hat. Das letzte Opfer, das bei dem Hausbrand ums Leben kam, ist Robert Wells. Vater eines achtjährigen Mädchens und, wegen eines schweren Dienstvergehens, suspendierter Kriminalbeamter. Laut Aussage einiger Familienangehöriger hatte Robert Wells noch immer ein erhebliches Aggressionsproblem, das es zu bewältigen gab. Es ist nicht auszuschließen, dass er für den erheblichen Brand verantwortlich ist. Alles deutet auf einen Akt der Lynchjustiz hin. Genaueres gilt es noch zu prüfen. Zuletzt sind uns Informationen zugetragen worden, in denen Mordermittler Arno Schürmann eine Rolle in dem Fall spielen soll. Berichten zufolge, wurde die Polizei mit einem anonymen Brief darüber in Kenntnis gesetzt, dass Ivan Pietrovic im Kofferraum des Dienstwagens von Arno Schürmann gefesselt transportiert und zum Anwesen des Norbert H. gebracht wurde. Die Spurensicherung konnte einige Fasern und Hautpartikel sowie Haare feststellen. Diese liegen dem Labor noch zur Prüfung vor. Mordermittler Arno Schürmann wurde während der Ermittlungen gegen ihn, vom Dienst suspendiert. So viel für den Moment. Wir werden Sie selbstverständlich informieren, sobald es neue Informationen zu dem Vorfall gibt. Und jetzt weiter mit …«

Elara flog ein leichtes Grinsen über das Gesicht. Zu gern hätte sie Arnos Gesicht gesehen, als er seine Marke und Pistole abgeben musste. Er handelte leichtsinnig und hatte sich an der falschen Frau vergriffen. Er nahm ihr ihre Würde und sie nahm ihm im Gegenzug seine Leidenschaft. *Par referret* oder wie ihre Großmutter immer zu sagen pflegte, die sich nichts aus anderen Sprachen machte: Wie du mir, so ich dir. Es schien sich alles zum Guten zu wenden. Zufrieden schaltete sie den Fernseher aus und legte die geschmierten Brote in eine Dose.

»Hallo, Mami, ich bin fertig.«

»Super, meine Schöne. Dann können wir also los?« Charlotte nickte eifrig und hielt ihren Stoffbären im Arm.

Nach der Entführung hatte Charlotte endlich ihren Mut zusammengenommen und ihrer Mutter erzählt, warum sie so schweigsam und traurig gewesen war, als sie von dem gemeinsamen Wochenende mit ihrem Vater nach Hause kam. Sie hatte ein Telefonat zwischen ihm und Arno Schürmann mitgehört, in dem sie über ihre Mutter gesprochen hatten. Schreckliche Dinge hatten sie gesagt und dabei gelacht. Das hatte Charlotte so verstört, dass sie einige Tage nicht darüber reden konnte. Erst, als Elara sie nach der Entführung in den Armen gehalten hatte, war es aus ihr herausgebrochen und sie hatte sich geöffnet. Seitdem war sie wieder das fröhliche kleine Mädchen, das ihre Mutter so liebte.

Elara steckte die Dose in ihre Handtasche, nahm Charlottes Hand und verließ gemeinsam mit ihrer Tochter die Wohnung. Ohne sich noch einmal umzudrehen, zog sie die Tür zu, im Wissen, den Schlüssel auf der Küchenablage liegen gelassen zu haben. Sie würde ihn nicht mehr brauchen, denn sie hatte nicht vor, noch einmal zurückzukehren. Es war das einzig Richtige, auch für Charlotte.

All ihre Dämonen waren tot. Viele sind elendig verbrannt und verblutet und bei ihrem ersten Dämon, ihrem Stiefvater, war es das eigene Herz, das ihn vor Kurzem zu Grunde richtete, laut Aussage ihrer Mutter.

Auf der Straße angekommen, sah sie bereits das Taxi warten, das sie vorhin gerufen hatte, bevor sie das Smartphone auf dem Boden zertrat und in den Mülleimer warf. Charlotte und sie setzten sich gemeinsam auf die Rückbank.

»Wo fahren wir hin, Mami?«

»Zum Flughafen. Wir besuchen Tante Mara in England. Ich bin mir sicher, dass es dir dort gut gefallen wird. Du wirst sehen, ehe du dich versiehst, kannst du die Sprache und möchtest dort nicht mehr weg«, versprach sie und drückte Charlotte einen liebevollen Kuss auf die Stirn.

Die nächsten Augenblicke zogen an ihr wie ein Film vorbei. Ein Knall, ein Schrei, Blut überall. Erst später realisierte Elara, dass sie es war, die wie am Spieß schrie und ihre leblose Tochter in den Armen hielt. Die gesamte Rückbank, sie selbst und das Kind waren voller Blut. Charlotte rührte sich nicht. Aus einer Wunde in ihrem Kopf quoll das Blut unaufhaltsam heraus. Das Letzte, was sie sah, war Arno, der an der Straßenecke stand, hasserfüllt ins Taxi blickte und mit einer Waffe auf sie zielte. Dann wurde alles um sie herum schwarz.

# Nachwort

Hallo, ihr Lieben,

ein ziemlich brisantes Thema, das ich mir für mein zweites Buch ausgesucht habe und ich bin mir schon fast sicher, dass dieses Buch einigen übel aufstoßen wird, ABER … denkt bitte vorher nach, bevor ihr eine bitterböse Rezension schreibt. Ich bin selbst Mutter einer Tochter und glaubt mir, es fiel mir keine Sekunde leicht, diese Zeilen zu schreiben. Dennoch bin ich der Meinung, dass gerade so eine kranke Scheiße geschrieben werden muss, um darauf aufmerksam zu machen. Wir dürfen unsere Augen nicht verschließen, nur, weil es angenehmer erscheint.

Ich bin vor ein paar Jahren durch Zufall auf das Thema gestoßen, als ich im Fernsehen die Sendung *Akte 17* sah. Dort wurde über dieses Thema berichtet und über die Vor- und Nachteile aufgeklärt. Unter anderem traf sich ein Reporter undercover mit einem Kunden hier in Deutschland, der solche Kinder-Sexpuppen besaß. Das Erschreckende war, das der Kunde ganz klar sagte, dass die Puppen schön und gut seien, allerdings Lust auf echte Kinder machen würden und er sich bereits auf die Suche nach potentiellen Mädchen gemacht hätte. Sofort im Anschluss wurde er immerhin von der Polizei abgeführt.

Durchaus mag das nicht auf jeden zutreffen und ich muss dazu sagen, dass sich jeder seine eigene Meinung zu diesem Thema bilden sollte. Für den einen oder anderen Käufer mag es sicher eine große Hilfe sein, mit seiner *sexuellen Orientierung* umzugehen, ohne selbst zum Täter zu werden.

So sieht es auch der Hersteller Takagi. Seine Puppen helfen angeblich und Interessenten dafür gibt es weltweit. Wie er berichtet, erhält er des Öfteren Briefe von Käufern, die sich bei ihm bedanken, da sie durch die Puppen davon abgehalten werden, ein Verbrechen zu begehen. Darunter sind Ärzte, Lehrer der Vorschule und sogar Prominente.

Takagi sagt, dass wir akzeptieren sollten, dass es keine Möglichkeit gibt, den Fetisch von jemandem zu ändern. Diese Haltung hat er nicht immer vertreten. Drei Jahre zuvor betonte er noch gegenüber dem Internet Portal *Vice*, dass seine *Dolls* keine Sexspielzeuge seien. Die Puppen hätten keine sexuelle Funktion. Doch so wie es aussieht, verkaufen sie sich mit den neuen Extras wesentlich besser.

Bevor ich mir nun eine Flasche Wein aus dem Schrank hole und mich in ein neues, noch düsteres und erschreckenderes Projekt stürze, das sich bereits vor einiger Zeit in meinen Kopf einnistete, möchte ich mich noch bedanken.

Danke, dass REDRUM BOOKS mir die Möglichkeit gibt, auch dieses Buch im Verlag zu veröffentlichen. Das bedeutet mir unfassbar viel. Danke an die beste Lektorin überhaupt. Stefanie Maucher, deine Weisheiten und radikalen Nackenschläge sind grandios. Auch Silvia Vogt und Jasmin Kraft danke ich, da sie mein Buch auf Herz und Nieren Korrektur gelesen und hoffentlich jeden noch so kleinen Fehler lokalisiert haben.

Ein ganz besonders großes Dankeschön gilt natürlich euch Lesern. Es freut mich über alle Maßen, dass ihr eure kostbare Lebenszeit dazu genutzt habt, euch hinzusetzen und die Zeilen zu lesen, die ich für euch geschrieben habe.

Großartige Ideen und Denkanstöße gab es von meiner tollen Freundin Jenni, die den Thrill genauso in ihrem Leben integriert hat, wie ich. Danke du krankes Stück ;)

Mein Mann, der noch immer davon überzeugt ist, mich diesen Weg guten Gewissens gehen zu lassen, hat ebenso ein großes DANKESCHÖN verdient.

Schwiegermama? Du weißt … DANKE.

Okay, jetzt ist Schluss mit der Gefühlsduselei. Macht es gut oder macht es besser.

Eure Jacqueline (Juni 2019)

# VERLAGSPROGRAMM

www.redrum-verlag.de

01 Candygirl: *Michael Merhi*
02 Lilith Töchter, Adams Söhne: *Georg Adamah*
03 Höllengeschichten: *Wolfgang Brunner*
04 Roadkill: *Alex Miller, Joe De Beer*
05 Bad Toys: *Anthologie*
06 Gone Mad: *A.C. Hurts*
07 Mindfucker: *Joe De Beer*
08 All Beauty Must Die: *A.C. Hurts*
09 Runaways: *Alexander Kühl*
10 Love Of My Life: *A.C. Hurts*
11 Klipp Klapp … und du bist tot!: *Mari März*
12 Carnivore: *A.C. Hurts*
13 Lyrica: *Jane Breslin*
14 Der Feigling: *Andreas März*
15 Kinderspiele: *Wolfgang Brunner*
16 Victima: *Sam Bennet*
17 Blutbrüder: *Simone Trojahn*
18 Fuck You All: *Inhonorus*
19 Cannibal Holidays: *Ralph D. Chains*
20 Kellerspiele: *Simone Trojahn*
21 Der Leichenficker: *Ethan Kink*
22 Lyrica – Exodus: *Jane Breslin*
23 Gone Mad 2: *A.C. Hurts*
24 Der Leichenkünstler: *Moe Teratos*
25 Wutrauschen: *Simone Trojahn*
26 Dort unten stirbst du: *Moe Teratos*
27 Fida: *Stefanie Maucher*
28 Die Sodom Lotterie: *Ralph D. Chains*

29 Streets Of Love: *Ralph D. Chains*
30 Er ist Böse!: *Moe Teratos*
31 Franka: *Moe Teratos*
32 Melvins Blutcamp: *Dagny S. Dombois*
33 Frosttod: *Moe Teratos*
34 Franklin: *Stefanie Maucher*
35 Ratz 1 – Mordhaus: *Moe Teratos*
36 Hexentribunal: *Gerwalt Richardson*
37 Ratz 2 – Mordsucht: *Moe Teratos*
38 Voyeur: *Kati Winter*
39 Ratz 3 – Das Mordgesindel: *Moe Teratos*
40 Die Sünde in mir: *A.C. Hurts*
41 Ficktion: *Ralph D. Chains*
42 Das Kinderspiel: *Simone Trojahn*
43 Todesangst im Labyrinth: *A.C. Hurts*
44 Crossend: *Marvin Buchecker*
45 Mörderherz: *Simone Trojahn*
46 Die Prinzessin: *Simone Trojahn*
47 Doppelpack: *Moe Teratos*
48 Billy – Die Blutlinie: *Gerwalt Richardson*
49 Ratz – 4 Mordversprechen: *Moe Teratos*
50 Selina´s Way: *Simone Trojahn*
51 Infam*: André Wegmann*
52 Ratz – 5 Blutige Ketten: *Moe Teratos*
53 Sinnfinsternis: *Reyk Jorden*
54 Carnivore – Sweet Summer: *A.C. Hurts*
55 Der Schlächter: *Jacqueline Pawlowski*
56 Grandma: *Inhonorus*
57 Billy 2 – Les chants from hell: *Gerwalt Richardson*
58 Endstation Hölle: *Jean Rises*
59 Runaways 2: *Alexander Kühl*
60 Totentanz: *Moe Teratos*
61 Leichenexperimente: *Moe Teratos*
62 Folterpalast: *Gerwalt Richardson*
63 Scary Monsters: *Wolfgang Brunner*

64 Schwarze Mombo: *Baukowski*
65 14 Shades of Unicorns: *Anthologie*
66 Ratz – 6 Blutiger Augenblick: *Moe Teratos*
67 Rabenbruder: *Ralph D. Chains*
68 Rednecks: *Faye Hell, M.H. Steinmetz*
69 Bad Family: *Simone Trojahn*
70 Homali Sagina: *Marie Wigand*
71 Todsonne: *Simone Trojahn*
72 Albino Devil: *André Wegmann*
73 Sommertränen: *Simone Trojahn*
74 Über uns die Hölle: *Simon Lokarno*
75 Weil ich dich hasse: *Simone Trojjahn*
76 Der Leichenficker 2: *Ethan Kink*
77 Marvin: *Moe Teratos*
78 Projekt Sodom: *Gerwalt Richardson*
79 Totes Land: *M.H. Steinmetz*
80 Road to Death – Fred Manson Trilogy: *Simone Trojahn*
81 Road of Pain: *Simone Trojahn*
82 Blood Season: *Anthologie*
83 Road´s End: *Simone Trojahn*
84 Wo ist Emil?: Andreas Laufhütte
85 Fuchsstute: *Gerwalt Richardson*
86 Kaltes Lächeln: *Simone Trojahn*
87 Das Leben nach dem Sterben: *Simone Trojahn*
88 Paraphil: *Jacqueline Pawlowski*

## REDRUM CUTS

01 Bizarr: *Baukowski*
02 50 Pieces for Grey: *A.M. Arimont*
03 Koma: *Kati Winter*
04 Rum und Ähre: *Baukowski*
05 Hexensaft: *Simone Trojahn*
06 Still Morbid: *Inhonorus*
07 Fuck You All - Novelle: *Inhonorus*
08 Das Flüstern des Teufels: *A.M. Arimont*
09 Kutná Hora: *André Wegmann*
10 Die Rotte: *U.L. Brich*
11 Blutwahn: *André Wegmann*
12 Helter Skelter Redux: *A.M. Arimont*
13 Badass Fiction: *Anthologie*
14 Bloody Pain: *Elli Wintersun*
15 In Flammen: *Stefanie Maucher*
16 Denn zum Fressen sind sie da: *A.C. Hurts*
17 Die Chronik der Weltenfresser: *Marvin Buchecker*
18 Psychoid: *Loni Littgenstein*

DER
SCHLÄCHTER
JACQUELINE PAWLOWSKI
THRILLER
REDRUM

SIMONE
TROJAHN
BAD FAMILY
THRILLER
REDRUM

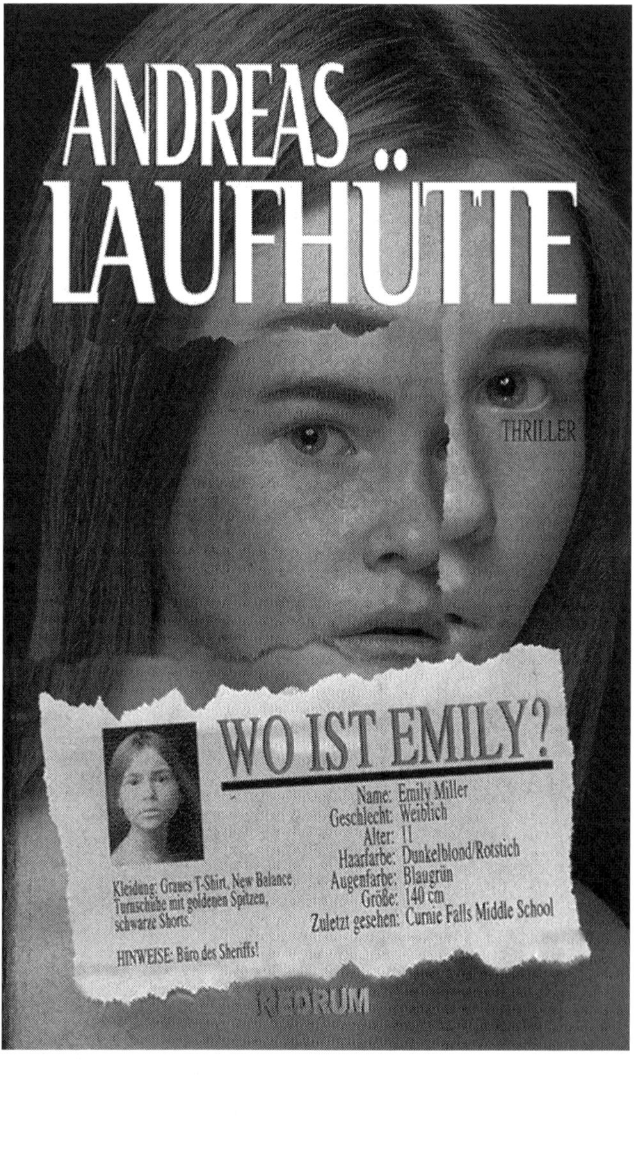
ANDREAS LAUFHÜTTE
THRILLER
WO IST EMILY?
Name: Emily Miller
Geschlecht: Weiblich
Alter: 11
Haarfarbe: Dunkelblond/Rotstich
Augenfarbe: Blaugrün
Größe: 140 cm
Zuletzt gesehen: Curnie Falls Middle School
Kleidung: Graues T-Shirt, New Balance Turnschuhe mit goldenen Spitzen, schwarze Shorts.
HINWEISE: Büro des Sheriffs!
REDRUM

CUTS
LONI LITTGENSTEIN
THRILLER
PSYCHOID
Der Feind in Oliver
REDRUM

MICHAEL MERHI
CANDYGIRL
REDRUM
»Das dreckigste Buch aller Zeiten!«
»Schockierend...«
»Nichts für schwache Nerven!«
»Das härteste Buch des Jahres 2016!
RAPE & REVENGE
HORROR ROMAN
Hardcore

**REDRUM** loves you!

**REDRUM** liebt dich!

Printed by Amazon Italia Logistica S.r.l.
Torrazza Piemonte (TO), Italy

21612714R00132